VALSE GRISE

Dominique Bauer

VALSE GRISE

Les éditions de la Neva

Éditeur : les éditions de la Neva
40, rue Madeleine Michelis
92200 – Neuilly-sur-Seine
www.editionsdelaneva.com

Crédit couverture et dessins :
Lucile Moreau : www.lucile-moreau.fr

Impression : BOD – Books on Demand, Allemagne

ISBN : 978-2-916830-10-0
Dépôt légal : octobre 2018

PROLOGUE

De nos jours, plus personne ou presque ne croit à l'existence des anges gardiens. À l'exception des poètes, des petits enfants et des aliénés. Et pourtant !

Ce monde mécréant a des excuses. La Terre peuplée jadis de quelques tribus dispersées, se charge aujourd'hui de six ou sept milliards d'individus et rien ne semble, en dépit des massacres, épidémies et cataclysmes, ralentir cette expansion. Certains peigne-culs de la prospective vont même jusqu'à estimer que cette malheureuse planète pourrait en supporter le double !

Quid des anges gardiens ? Par définition, ils ne se reproduisent pas, ils jouissent de l'immortalité. Dans les temps reculés, on comptait une âme, un ange. Désormais c'est une bourgade, un ange. Ce progrès de productivité a considérablement modifié notre fonction. Alors que les chérubins et les séraphins caressent les violons et les harpes de la béatitude, nous trimons en rase-mottes.

Transmettre le message à une population disparate n'est pas une mince affaire. Gérer les cœurs emplis de contradictions, de certitudes changeantes au gré des événements, relève souvent du grand écart, ce qui induit un laisser-aller bienveillant de ma part, une patience d'ange en quelque sorte. Je me fie à la Providence.

D'ailleurs, je n'ai pas la notion du temps. L'essentiel de ma mission consiste désormais à ne pas me laisser contaminer par les idées loufoques de ces humains tout en leur transfusant un minimum de sagesse. Ma position, à la fois au-dessus, à côté et dedans m'apporte cette liberté qui précisément agite leurs discours. Mais moi, je peux ficher le camp à tire-d'aile quand le scabreux prend le dessus, que les oreilles se ferment et les yeux s'aveuglent. Ils ont inventé Satan, pour s'effrayer, et cette vue de l'esprit brouille parfois leur entendement, surtout quand ils sont en masse. Dieu merci, mon village d'élection m'évite de m'envoler trop souvent dans la nue, les braves gens qui l'habitent constituent un aimable échantillon représentatif de l'espèce.

J'adresse les narrations qui vont suivre à mes estimés collègues dans l'espoir qu'ils y prêteront l'oreille d'angélique compréhension et de fraternelle complicité.

CLARA

« Voilà, je meurs ! »

C'est tout ce que je parvins à penser.

La route était encombrée, je rêvais dans le glissement mécanique des essuie-glaces et les éclaboussements d'une nuit orageuse. Un vendredi soir habituel, certains partent, d'autres rentrent, on se presse dans une urgence inutile. On se tue par étourderie. J'ai voulu doubler dans les giclées et les éclats des phares embués, le cul d'un camion obsédant. Je l'ai vue trop tard cette voiture noire. Le fracas, la poussée brutale, le silex éclaté au travers du rideau de mon sang. La certitude, mon propre abandon, sans lutte, l'ultime hoquet et mon regard vide tourné vers l'arbre évité.

Maintenant, je fais partie de l'air que respirent les vivants. J'ai gardé la plupart de mes souvenirs. Je vois et comprends mieux que dans mon corps d'homme je ne savais le faire. Non visible, je regarde tout de l'intérieur et de l'extérieur à la fois. J'appartiens au royaume des anges. J'entends s'émouvoir les brins d'herbe quand ils sont heureux, mais moi je suis destiné à n'éprouver aucune émotion. Du moins c'est ce que j'ai compris en arrivant dans la lumière éblouie, après la spirale sans fin du tunnel. Quelque chose en négatif m'appartient désormais. Mais les mots me manquent, les mots et leurs échos en moi. Je peux les employer pour d'autres, les faire entendre en secret ; je n'en reçois plus la rumeur et l'enchantement. Enfant, je me posais la question de savoir où et comment on entassait les âmes des défunts. Des milliards depuis la nuit des temps. En fait, elles circulent sans se voir et sans se connaître. On devient, je suppose, la conscience, l'ange gardien des hommes pour le compte d'une « Autorité » muette qui insuffle des ordres, assigne une mission. Cela se passe au dedans de nous-mêmes. On peut être une sorte de voyeur solitaire lâché dans le silence, ou bien se trouver attaché au destin d'une créature terrestre. Je dois accomplir ma tâche sans opinion ni jugement. Moi, je suis là pour rassurer les enfants avant la nuit et les vieillards avant la mort.

Ainsi Caroline, fut mon premier corps confié. Brune polissée, elle terminait un stage de puériculture. Elle passait du rire aux larmes, je m'en souviens, dix fois par jour. La fraîcheur-fille. Son seul souci résidait sur son front où une acné intermittente brouillait son entendement. Nous passions alors des heures devant le miroir dans l'onction répétée de toutes les nouveautés cosmétiques. Un jeune homme habitait son cœur : Jacques le coiffeur. Ils se marièrent un jour d'automne. Elle frémissait de tout son être et je tentais en vain une angélique intervention pour le maintien et le calme de cette jeune personne. À la mairie, cinq mariages furent expédiés ce matin-là, les familles se mêlaient dans l'attente de leur tour, nerveuses, pressées d'en finir pour aller à l'église et au gueuleton des noces. Caroline fondit en larmes sur le parvis en plein midi, la photo fut impossible. Sereine pendant la messe, l'oblique d'un rayon de lumière l'avait éclairée comme une sainte en prière ; elle ne sut résister aux blancheurs fracassantes de sa robe mêlée de soleil. Jacques ne savait que faire. Néophyte, je participais de mon mieux. Je m'essayais grand sage, prodiguais des appels à la raison qui auraient fait sourire un ange plus expert. Il lui arrivait de m'écouter, je la voyais se ressaisir, mais l'émotion finissait par l'emporter et les hoquets triomphaient. C'est au café seulement, après le gras et l'alcool d'un déjeuner tardif qu'elle retrouva le sourire en laissant aller sa tête sur l'épaule de son époux, les joues cramoisies et la rosée au front.

Le soir-même un coït malhabile mettait en route une petite fille. À la seconde, je savais l'enfant à venir. Pendant la formalité des neuf mois, je m'appliquais à renseigner le cœur de la jeune femme apaisée par le miracle. Elle couvait. Les an-

14

goisses de son image étaient oubliées parce que son ventre contenait le monde. Nous eûmes pourtant quelques angoisses, elle comptait les doigts des mains et ceux des pieds, imaginait parfois le pire. Je la rassurais dans ces moments-là, sa virgule d'embryon poussait dans la norme des humains. Mais souffler à l'esprit d'une future maman que son enfant évolue bien dans son liquide nourricier c'est promettre à un soldat qu'il reviendra de la guerre.

La petite Clara naquit dans l'extase familiale. Je n'avais pu m'empêcher de lui parler au-delà de sa mère. Je la vis téter goulûment, grossir, recracher ces nourritures étranges en petits pots et remplir ses couches avec délectation. Ensuite, nous vécûmes la varicelle, la rougeole et les oreillons. Mon têtard me ravissait et plus elle jouait de tours à ses parents plus je me sentais m'éloigner de ma mission première. Caroline essayait de perdre ses kilos et Jacques passait les soirées devant la télévision. Clara grandissait.

Souveraine et gracieuse comme une aubépine qui transpercerait le feuillage tout neuf d'une Brocéliande d'amour, Clara inventait le beau. Son esprit planait au-dessus de la matière. En souriant à ses parents, à ses professeurs, détachée du misérable, dans le monde des fées et de la chevalerie, elle semait le merveilleux. Ses rêves façonnaient des histoires généreuses, des musiques dans le ciel, des couleurs transparentes, des nourritures inconnues servies dans des plats en vermeil par des elfes et des lutins. Elle offrait la joie en partage aux convives heureux d'un roi fraternel qui la tenait près de lui comme son âme secrète. Pendant son sommeil, je laissais flotter autour d'elle des légendes qu'elle réinventait le jour. Elle les nouait de ses rubans d'enfance et tentait de les raconter à sa mère qui la ramenait, prudente, à ses leçons d'arithmétique. Caroline était devenue mère, étrangère, sûre de ses droits, alourdie de tâches.

Cette première fois, l'Autorité me délia de ma mission. Un ange n'a pas de lien.

Je suis parti voir du côté de mon cimetière. Ma tombe, pierre polie aux angelots ternis par les intempéries, me parut délaissée. Un bouquet fané se défaisait au vent. Mes voisins n'étaient pas mieux lotis. Tant de silence contrastait avec les chuchotements présents toujours dans les consciences en éveil que je venais de frôler. Dans l'ombre de la bière, je reconnus mon costume de drap foncé des jours de fête, inhabité. Le ricanement inarticulé du mort ne marquait pas mon ancienne matière.

Je devais être prêt pour la prochaine mission.

Ainsi, je fus affecté à une rossinante bréhaigne abandonnée par les hommes. Elle occupait un lopin de pré où les ronces le disputaient aux orties ; les chardons s'y multipliaient en fleurs violettes avançant en tapinois leurs dents sèches. La jument trouvait encore assez d'herbe pour sa pitance ; la lutte du végétal pour accaparer le territoire ne la concernait pas. Elle contournait les touffes sournoises et les piquants. Maigre, elle vivait dans son domaine barbelé près d'une maison endormie.

Que pouvais-je inspirer au cœur désabusé de cette haquenée ? Ma tâche se bornait à l'observation. Elle restait parfois des heures le cul au vent, la lèvre pendante, les yeux clos. Elle attendait. Parfois, des images confuses éclairaient l'animal ; elle esquissait quelques battues de galop dans la nature ingrate à la mémoire d'un chevalier à la triste figure, les éperons du souvenir sollicitaient ses flancs, une bride invisible redressait sa nuque. Instant de fierté aux naseaux palpitants. Elle replongeait vite dans l'hébétude du vieillard qui regarde tomber le soir, sans effroi, avec la seule espérance de manger le lendemain.

Un jour soudain, des cris enfantins l'éveillèrent. La maison revivait, ouvrait ses volets, une famille en vacance chantait de tous ses bruits. On aérait des matelas aux fenêtres en leur tâtant le ventre ; on sortait une table, on fauchait un coin d'herbe, on installait une chaise longue. Les enfants, riaient à cache-cache, s'écorchaient les genoux sur les branches basses du chêne devenu le refuge de leurs secrets. De cet observatoire, ils découvrirent la jument. Elle épiait derrière les épines, les oreilles pointées en direction de la vie, la marmaille en effervescence.

Ils dégringolèrent de l'arbre, coururent dans l'herbe haute jusqu'à la clôture. À celui qui arriverait le premier.

Nous nous offrîmes un regard de coquetterie. Elle les regarda avec superbe, et sûre de son effet, pirouetta. Elle partit, droit en passageant à l'autre bout du pré, en noble cavale maîtresse des lieux, la queue fouettante, la peau fébrile. S'arrêta net pour brouter, comme indifférente, mais je voyais ses yeux, ses oreilles tendues vers les petits hommes en culottes courtes et je crois bien avoir perçu à ce moment-là, au fond de son poitrail, un ronronnement de satisfaction.

Elle devint la reine des vacances.

Chaque matin, au réveil, les enfants se précipitaient à la fenêtre pour la voir. Elle était là.

Le bol de lait avalé, on courait lui apporter un quignon rassis, des sucres. On lui confiait des brassées d'herbe fraîche. On lui jetait ces friandises aussi loin qu'on pouvait derrière son fil de fer. Et le cérémonial recommençait. Elle regardait de loin et peu à peu, sans avoir l'air intéressé, elle s'approchait. Ses lèvres redevenues gourmandes happaient avidement la richesse de ces dons et puis, sans aucun merci, elle trottait à l'opposé. L'indifférence jouait. Les enfants tendaient leurs bras, l'appelaient, restaient des heures à guetter un signe d'amour. Ils imaginaient un toucher, un baiser. Ils repartaient en s'inventant des histoires, l'un l'avait presque caressée, l'autre était sûr qu'elle le regardait, le troisième affirmait que les chevaux s'envolaient la nuit et qu'on devrait bien aller, en cachette, vérifier le fait. Les autres se moquaient, les chevaux n'ont pas d'ailes.

J'exhortai ma bête à leur répondre par quelques manifestations de tendresse, mais je compris à son cœur qu'elle voulait rester loin des regards comme une vieille femme refuse de montrer les atteintes du temps sur son visage et sur son corps. Elle n'acceptait pas le risque de décevoir. La distance autorise d'autres images, met en scène des pudeurs que le réel brutalise. Elle aussi rêvait. Elle emmenait à califourchon sur son dos toutes ces jambes impatientes pour des ballades à travers un ciel infini. À la rencontre d'espaces inconnus mêlés à des souvenirs, elle devenait galopade, liberté, dans les nues sans barbelés. Elle aimait les enfants, elle était enfant.

Elle s'agitait, marchait dans son enclos toute la nuit. Elle attendait le matin, l'ouverture des volets, les cris joyeux qui précédaient la course juvénile jusqu'aux lisières de fer. Et le rituel se renouvelait, terminé par ce trot relevé qui l'éloignait avec élégance de ces amitiés interdites.

La fin des vacances surprit. Les volets furent tirés. La voiture emporta le souvenir après qu'on eut donné à la jument un bouquet de fleurettes qu'elle vint renifler longtemps après avoir regardé la poussière retomber sur le chemin, dans le dernier rayon de soleil.

Ce fut l'automne, avec la pluie et le vent. Un camion rouge vint la chercher. On eut du mal à l'y faire entrer. Il fallut un tord-nez et le fouet.

J'ai quitté ce corps gris.

La mousse commençait d'envahir les bords de ma pierre tombale où l'on ne déposait plus de fleurs. L'herbe avait eu raison du gravier de l'allée, les silhouettes des angelots noircis par les hivers semblaient se rabougrir. Les petites sentinelles de marbre mouraient lentement en ce pays perdu.

« Que se passe-t-il, mon chéri ? » questionna Laurence de la cuisine où elle se battait avec son four et le poulet dominical qui giclait toutes ses sueurs dans une fumée âcre. Patrick jurait dans le living. Son clou s'était tordu et jamais il ne pourrait accrocher à temps la reproduction offerte par sa belle-mère qu'ils attendaient pour le déjeuner. Les trois fleurs de Picasso iront bien sur la commode, se dit-il. Il alluma la télévision pour ne pas rater l'émission des sports.

Je m'occupe de Laurence. Elle me paraît douce et attentive. C'est une petite bonne femme d'intérieur. Elle vit un bonheur linéaire. Je vois cependant des images brouiller son esprit. Pourtant elle ronronne sans questions. Elle occupe tout le quotidien. Patrick l'avait séduite par sa simplicité ; il proposait le mariage quand les autres à l'université ne pensaient qu'à jouir d'instants sans lendemain sur le sordide d'une banquette de voiture ou dans une chambre moite sentant les chaussettes sales et les soupes en conserve avant de la renvoyer plus ou moins courtoisement chez sa mère. Patrick travaillait à la Caisse de Crédit, astiquait son Alfa Romeo vert métallisé le dimanche après-midi et son appartement dans la Résidence des Saules n'attendait qu'une femme. Les traites un peu lourdes, mais il vaut mieux être propriétaire, pénalisaient le budget. Laurence envisageait parfois à certaines échéances de chercher un emploi. Cette velléité l'occupait une semaine par trimestre. Je croyais alors bon de suggérer à son cœur l'idée d'une maternité mais elle entendait protéger ce qui lui restait d'insouciance par une efficace contraception. Je veux vivre, se disait-elle, un enfant serait la fin de ma jeunesse.

En moins d'un an, elle devint une femme sage, déjà mûre. Un peu fanée.

Ils passèrent leurs premières vacances à l'île d'Oléron dans la petite maison que louaient les parents de Patrick chaque année en juillet.

Le petit déjeuner sous les pins, la salle de bain à chacun son tour, les courses à Saint-Pierre, la préparation du déjeuner, la vaisselle entre les femmes quand les hommes piquaient un somme dans les chaises longues, la promenade sempiternelle sur la plage, quelques baignades, le ramassages de coques à marée basse et les soirées télé ébranlèrent son bel édifice. Elle vécut mal d'être bru. Le clan l'étouffait de sa condescendante tendresse. Elle se sentait pauvre, exposée aux regards d'un trio familial vigilant, prodigue en conseils. Tous tellement prévenants. Insensiblement, Patrick redevenait l'enfant de sa mère, elle, l'étrangère. Alors, elle supporta l'amour en serrant les dents, attentive aux grincements du lit, seule, les yeux grands ouverts dans le noir en priant le ciel que les parents ne se doutent de rien et que Patrick en finisse vite.

Le Résidence des Saules était déserte à leur retour. Le rythme coutumier reprit au ralenti sous les orages intermittents de la fin de l'été. Laurence décida de profiter de ces heures de chaleur pour changer la décoration de l'appartement, elle ressentait le besoin de couleurs vives, de tapisseries fraîches, d'étoffes ensoleillées, de cachemires, de soieries, de voluptés à toucher. Le centre commercial proposait ses soldes saisonniers. Elle tomba sur Mathilde.

Les amies d'enfance s'émerveillèrent en s'embrassant. Cela faisait bien dix ans, non douze, rappelle-toi... Elles découvrirent qu'elles étaient voisines, mariées et qu'elles s'aimaient toujours.

Elles se virent à tous propos, un fer à repasser en panne, un morceau de pain, un billet de vingt euros, un ciné ou un supermarché. Mathilde aida Laurence à tendre ses nouvelles tapisseries aux larges raies sang et or. Laurence conseilla Mathilde pout le réagencement de son appartement.

Les deux garçons fraternisèrent. Fred s'absentait souvent, il vivait la semaine comme représentant en produits pharmaceutiques et le dimanche il s'époumonait des heures à courir dans les avenues séparant les résidences. Il entraîna Patrick dans sa fièvre sportive. Ils prirent l'habitude d'aller assister à toutes sortes de compétitions, matchs de foot et de rugby au Parc des Princes ou à la télévision, quelques incursions dans le basket et le volley comblèrent les lacunes de leur passion commune. Ils envisagèrent même d'appartenir à un club de supporters pour accompagner leurs athlètes préférés lors de voyages scandés par les chants guerriers ou revanchards. Ils rêvaient de ces beuveries viriles dites troisième mi-temps dans une Angleterre à genoux, partageant avec les héros du jour l'euphorie de la victoire.

Les deux femmes se confiaient leurs secrets. J'essayais vainement de ramener Laurence au calme et à ses devoirs de ménagère et d'épouse. Je subodorais un danger. Elles songeaient éveillées à voix haute. Elles parlaient d'amour. D'autre chose. Sournois, l'imaginaire préparait un coup d'éclat. Elles découvraient ensemble leur ennui. Toutes deux avaient la même peau frémissante d'appels sans réponse. Les petites filles ne voulaient plus jouer à la poupée, elles désiraient se donner à l'absolu d'un prince.

L'inéluctable se produisit un jour, à midi, où Bach déchirait d'un violon intraitable, le temps. La soie des doubles rideaux dispersait un vent encore chaud dans le salon où les deux amies se prélassaient en sirotant un muscat. Mathilde caressa d'un doigt le visage de Laurence. Il suivit lentement le plat de son front, l'arête du nez, remonta sur les tempes. Il s'enhardit enfin sur les lèvres qui s'entrouvrirent pour lui donner leur souffle et leur humidité. Ce fut le basculement, le voile déchiré, l'envie irrépressible de l'envol qui vient de l'inexprimable secret tendu vers l'autre soi-même en déraison.

Je n'étais pas préparé à la situation. Pantois, j'ai regardé Laurence entasser son linge dans une valise et les deux filles sont parties ensemble.

Alors, je m'échappai pour emprunter une route de pèlerin qui ne comprend pas pourquoi il lui faut marcher mais qui va cependant. Ma tombe était verte. À la place des angelots, on voyait la trace de deux trous rouillés. L'Autorité muette m'intima l'ordre de poursuivre ma mission en cours.

Dans ce pays pacifique, l'herbe prend parfois des reflets orangés. Les cyprès oscillent doucement le soir et l'on reste assis à regarder la nuit envahir les collines par morceaux. La brise est tendre, la nature exhale tous ses parfums que le zénith plaque au sol. C'est l'heure des libertés, celle des oiseaux et des grenouilles, celle du sommeil des rampants. Des marbrures violacées emportent le jour dans l'au-delà. Le silence fourmille de vie. L'horizon n'est pas une limite. Le corps nu de Laurence étendu sur la balancelle éclaire de sa pâleur la terrasse tiède. Mathilde agenouillée la regarde. Prière sublime à l'hostie offerte. Je suis inutile, presque malhonnête. Pour la première fois, je me sens inexistant, mon corps confié me domine, je suis interdit. La pureté de l'amour exclut jusqu'à ma présence d'immatérialité. Je me perçois étrange, fait de néant. J'ai la perception fugace de mon départ auquel succède une absence de tout.

Et je suis alors devenu un ange-montagne ; je suis affecté à une autre mission dont je ne connais ni le sens ni le but. La masse de mon granit surplombe la vallée où miroite une rivière paresseuse dans ses méandres réguliers que suivent des péniches, lentes chenilles au ventre plein. De la route, la rumeur monte jusqu'à moi, bruits agricoles, voix multiples éparpillées là en-dessous.

Je recouvre peu à peu cette humanité de mon ombre quand le soleil se couche. Je suis son phare aveugle, protecteur au sommet inquiétant les soirs d'orage quand la foudre et le tonnerre m'environnent de leurs colères. Motif des peintres d'autrefois, objet des cartes postales maintenant, on gravit ma raideur les dimanches de beau temps avec des chaussures à clous et des cannes acérées qui me grattent le dos comme autant de fourmis. On a planté un Christ en croix sur mon crâne.

Il appelait les hommes.
Ils vinrent en salopettes.

Je les vis me parcourir avec toutes sortes d'appareils. On me piquetait de bâtons colorés, on prenait des mesures, on prélevait de ma chair minérale des échantillons. Ils vinrent cent fois répéter leurs gestes méthodiques. Je compris à leurs manœuvres sur la rive opposée qu'ils projetaient de construire un viaduc pour une autoroute. Ils allaient

me décapiter. Je gênais. J'étais devenu une protu-
bérance insupportable qu'il fallait éradiquer.

Ils choisirent des explosifs. De pernicieuses
chignoles mécaniques en truffèrent mes flancs secs.
La vallée tout entière trembla de mon éclatement
en fusées d'artifice et je m'effondrai par blocs dans
le bouillonnement tonitruant d'un brouillard épais.
Je laissais ainsi place nette au tablier du confort
automobile. Bientôt s'éditeront des cartes postales
du viaduc prétentieux et l'on entendra des discours
sur le rapprochement des hommes. Pour l'instant,
je gisais épars au pied d'une muraille.

Des camions vinrent me ramasser avec d'é-
normes pinces car même en débris, je pesais lourd.
On me découpa encore, je devins un tas de pierres
régulières. À nouveau, on me transporta et puis je
sentis que l'on assemblait mes morceaux ; ils rede-
venaient solidaires pour une géométrie nouvelle
sur des fondations inconnues. On posa un toit de
lauzes. J'étais maison particulière. Mes plus
proches voisines loties, bien rangées le long
d'allées arborées, me parurent étriquées et sou-
mises. Chacune avec son carré de gazon à
l'identique, case à vivre avec quelques plantations.

La pauvreté de leur peau de crépi clair et
l'antenne perchée pour s'inspirer des images du
monde, l'une à côté de l'autre, elles défendaient un
patrimoine si dérisoire que très vite je les confondis
toutes.

Moi, j'exhibais mon granit millénaire à ces comparses.

J'attendais mes maîtres.

Clara arriva sous l'averse d'un dimanche de mars. Elle courut en riant jusqu'à ma marquise. Elle caressa à pleines paumes la pierre ruisselante et mit sa bouche au creux de sa main pour communier avec toutes les vraies magies du monde. Trempée, sa robe rouge collait à ses cuisses, ses talons trop fins pour le gravier de l'allée avaient cédé ; des algues, collées à son visage, gouttaient dans la tendresse de son cou. Son bonheur chantait. Elle avait sa maison et elle attendait un enfant. On lui achèterait un cheval en souvenir d'un été passé à la campagne.

J'ai aimé ces journées quand elle s'étendait sur la méridienne proche de ma grande cheminée, ses dix doigts posés sur le ventre, les yeux clos et le sourire lointain. Son mari respectait l'instant, il apportait les bûches, ranimait le feu et s'installait en retrait pour regarder sa femme parler à l'enfant dans un langage qu'eux seuls comprenaient.

La querelle éclata quand elle décida d'accoucher à la maison.

Il appela les mères à la rescousse. Les familles se récrièrent. On entendit tout et le pire.

Elle tint bon.

Maintenant Clara ne bougeait plus de son lit de repos. On avait préparé la venue du petit, sa chambre, le berceau. S'entassait déjà toute une layette qu'il ne saurait porter tant un enfant grandit vite. Des listes de numéros étaient collées au mur près du téléphone : sage-femme, médecin, SAMU et pompiers. Chacun bivouaquait, l'attente se prolongeait.

De tous mes murs je protégeais ce gros ventre habité. Clara et moi nous étions maison. L'amour avait élu domicile en nous. Il m'attirait à lui. J'étais l'eau jaillissante de la source dirigée par le courant imposé par la pente, l'eau continue de la rivière jusqu'à l'embouchure. L'appel de la mer. Je coulais vers elle. J'étais solide et liquide en même temps. Galet d'eau, fontaine creusée dans la chair de mon granit rose.

Soudain Clara appela. On la porta, l'allongea. Des linges blancs et secs furent dépliés, les « femmes-qui-aident » étaient prêtes. Longtemps, longtemps, elle gémit. Ses mains agrippées au drap, elle hurla enfin.

Je répondis d'entre ses cuisses trempées de sang.

Je suis son fils.
Premier né.

Un jour viendra, dans quelques jours, je bredouillerai un nom qui la baptisera entre toutes les femmes. Et elle me regardera grandir comme l'image de son immortalité dans la pénombre de la maison au bord de la forêt de Brocéliande.

LA ROBE ROUGE

Les enfants chantaient et riaient en dévalant le sentier rocailleux menant à Roumégous. Le vieux château menaçait ruine et les ruisseaux jouaient les torrents pour aller grossir le Viaur qui n'en avait pas besoin. Le flot terreux emportait les arbres imbéciles de s'être enracinés au bord de l'eau.

L'air du pays. Vif et amical. Il caressait la peau, ébouriffait les cheveux. On le respirait avec bonheur. Dès l'éveil, au petit matin, le bois de châtaigniers envoyait ses senteurs de mousse et de champignon. Un parfum de café venait nous chatouiller. Les tranches de miche grillaient sur les braises de la veille dans l'immense cheminée qui fumait toujours.

L'eau, si légère qu'il fallait se rincer cent fois tant l'on avait la sensation de rester savonneux. Eau si bonne à boire au robinet, aux sources rencontrées lors des promenades à Bellecombe ou au Bibal.

Que reste-t-il du temps passé ? Des imprimés d'images qui surgissent quand je me rase. Je parle au miroir, pâle sous le néon, je m'applique à prélever la mousse avec une lame et mes yeux ne quittent pas les yeux de l'autre qui se souvient.

Mon immeuble s'est levé, j'entends mes voisins, les chasses d'eau. Les portes claquent. Les autres immeubles de la résidence doivent aussi s'être levés. Les voitures vont aller s'agglutiner dans une demi-heure. Par bonheur, je peux aller travailler à pied. Le parc paysager m'offre la rectitude de ses allées, ses rangées d'arbustes taillés à la prussienne, ses petits bassins biscornus ornés en leur milieu de statues géométriques, sa cascade artificielle qui prend parfois la liberté de s'échapper hors des limites prévues par l'architecte. Quelques chiens sont priés de se soulager rapidement au bout de leur laisse pour reprendre le guet sur un balcon ou derrière une porte.

Je vais au café avaler un crème. Ils sont tous là, ceux qui descendent du train et ceux qui vont bientôt le prendre. On se serre, on tend le bras pour saisir sa tasse, on lit le journal, on tousse aux premières cigarettes. Il fait chaud, on ne parle pas. On ne se connaît pas. Une rangée s'en va, une autre avance à la manière des soldats de la guerre en dentelles. Je file au bureau situé à deux pas.

Le verre et le béton, l'aluminium et le néon, angles aigus et stridences. La réalité est là qui me parle. Mon ambition professionnelle a suivi le cours de ma vie. Ces gens m'ennuient. Mes cheveux gris et la décontraction affectée de la cinquantaine donnent l'illusion optique d'une sagesse. J'en impose à l'aréopage. On semble m'écouter quand j'émets un avis. Cependant, je me demande où est mon utilité. Le pire de la journée reste le déjeuner dans le restaurant d'entreprise. Il faut guerroyer avec un plateau dans les mains pour quémander une mangeaille qui sera ingurgitée dans l'urgence et les ragots. Je hais ce moment. Souvent, je cours au Café de la Gare avaler un sandwich, seul dans l'indifférence des va-et-vient.

Finalement, c'est avec satisfaction que le soir je rentre chez moi pour m'enfermer dans la lecture, de temps en temps pour faire un brin de cuisine. Les télévisions du voisinage m'ont convaincu, par tous les reflets bleus des centaines de fenêtres ob-servées de mon balcon, de laisser la mienne aveugle. Elle atteste par sa présence que je vis au début du vingt et unième siècle.

Le dimanche, la ville est morte. Les jours de très beau temps quelques familles se promènent, les enfants jouent dans les espaces aménagés pour eux. Dans les rues aux boutiques fermées déambu-lent des Africains arrivés là par hasard. En réalité, on a déserté les lieux ou bien on s'est enfermé pour se saouler d'images en boîte. Quelques spor-tifs, remarquables à leur tenue, courent, opiniâtres et solitaires, dans le but de transpirer.

Les sœurs qui tenaient l'école du village or-ganisaient chaque année une fête au cours de la-quelle les enfants se déguisaient en papillon, en étoile, en petit rat. On y mangeait des gâteaux bourratifs en sirotant du vin mousseux d'origine incertaine. Cela se terminait par un quine où l'on alignait des grains de maïs pour gagner un poulet ou un lapin. Jamais personne ne manquait un tel événement.

Le poulet et le lapin étaient vivants. Ainsi notre cheptel aurait pu s'agrandir chaque année de ces saints quines, mais Dieu merci ces animaux finissaient tôt ou tard dans la gueule d'un renard ou celle d'un chien en maraude. On pleurait un peu, mais quand la terre est paisible le bonheur se réinstalle bien vite au cantou où le feu crépite et on rêve le soir.

L'école des sœurs est aujourd'hui fermée et le village se meurt. Les corps de ferme deviennent des maisons de campagne pour citadins, d'énormes tracteurs labourent les champs immenses aux haies évanouies.

Je reçois, comme tout le monde, chaque semaine, un journal gratuit d'annonces diverses. Dans ces feuilles à l'encre grasse, on trouve tout. Je les fouille avec attention, sans envie particulière sinon celle d'imaginer, au travers des propositions, la vie des habitants de la Ville Nouvelle. Les promotions foisonnent dans ce langage particulier se référant aux publicités de la télévision. Les particuliers revendent des salles à manger et des canapés

« état neuf », cela sent le déménagement ou le crédit trop lourd. Les promoteurs allèchent le locataire par de futures réalisations luxueuses avec vue sur le parc paysager ou sur le lac. Mais le plus excitant, le plus étonnant, c'est la prolifération des annonces matrimoniales, et je m'en repais longuement : elles racontent en quelques lignes toutes les solitudes, toutes les déceptions, les drames et l'espoir en suspension de ces prisons colorées qui m'environnent. Quelques annonces plus particulières indiquent que des dames et des époux sont libres de leur temps l'après-midi. On recherche alors des partenaires discrets voulant disposer d'un amour pratique et sans mélodrame.

La ville était « câblée », comme on dit. Ainsi je pouvais me brancher sur toutes les images, toutes les catastrophes dans toutes les langues, tous les films qui animent, souvent fort tard, dans un même rythme, les vitres tremblantes de ma cour carrée. J'avoue céder parfois à la pornographie nocturne que je regrette aussitôt. Est-ce une consolation d'être aussi absurde que les autres ? Je m'oblige alors à plonger dans les pages d'un auteur aimé pour comprendre mon instant de pauvreté à la lumière d'un poète et m'endors en haïssant mes congénères.

Au bureau, la nouvelle est tombée froidement de la bouche du président. On va licencier.

Des mesures « d'accompagnement », un « plan social » sont en cours d'élaboration. Les pré-retraitables seront avisés, les secrétariats partagés. La surface occupée diminuée. Il faut économiser.

Je me souviens comme on se regardait en trempant nos tartines dans le lait brûlant juste coloré par le café léger. Notre enfant descendait l'escalier, sa peluche serrée contre elle, le pouce dans la bouche et les yeux dans le vague. La chienne allait lui lécher les pieds pour la réveiller tout à fait.

Et les châtaigniers ; et les girolles qui poussaient à l'envi sous leur ombre humide. Et nos vieilles poules qui prenaient le temps de pondre un œuf, selon l'humeur, dans des endroits saugrenus. Nous attendions d'en avoir quelques uns et l'omelette nous ravissait quand un copain passait nous parler de rien. Et ce vieil ivrogne de curé dont la sagesse du discours nous charmait ; il sentait un peu le fagot et aimait bien mon cahors.

Et ce poussin faucon que nous avions élevé dans une cage. Lui donner à manger relevait du dressage de tigres. La petite brute, une admirable peste. Il s'est envolé un jour, maladroit, sûr de son destin. Peut-être plane-t-il encore ? Les faucons crécerelles vivent-ils longtemps ?

Je ne me sens pas très bien en ce moment. Une immense fatigue m'envahit. Je marche avec peine et mon esprit est comme endormi. Je suis sans ressort. La vieille doctoresse qui m'ausculte, tâtant mes chairs de ses doigts nerveux, me conseille de boire deux litres d'eau par jour, de surveiller mon alimentation, de cesser de fumer et de pratiquer la gymnastique. Si je me discipline, je devrais recouvrer la force, le souffle et la souplesse d'un jeune homme. Elle m'achève en concluant : « Et vous ferez de toutes façons un très beau cadavre ! ». Elle ajoute : « Et puis, ne restez pas seul, le célibat ne vaut rien, vous mangez n'importe quoi, vous buvez trop et vos cravates datent de Louis XIV. Vous allez devenir un vieillard prématuré. » Qu'en sait-elle la bougresse ? Je la visite une fois l'an depuis toujours et elle se croit tout permis. Négligeant son ascenseur, je dévale à toute pompe son escalier et me voilà boulevard des Italiens. Le bureau se passera de moi et la Ville Nouvelle aussi. Quelques heures de jeunesse s'offrent à moi en cet après-midi buissonnier.

Retrouver la flânerie parisienne, le lèche-vitrine, la promenade pour la joie de ne rien faire. Regarder les belles chatoyantes courant à des rendez-vous imaginaires et ces femmes aux bras chargés de paquets en quête d'un taxi. Sourire à ces touristes venus du bout du monde qui photographient n'importe quoi dans l'espoir de fixer le cliché mythique. Les terrasses des cafés où des solitaires lisent le journal, où les idylles se nouent et se dénouent, s'y asseoir et commander un demi, inventer l'histoire de mes voisins en observant les visages, les mimiques, leur attitude. J'ai oublié ma lassitude et je serais presque guilleret. Il faut rentrer. Je n'ai personne d'autre à voir que moi-même, et ce dernier ne m'intéresse plus. L'embouteillage du soir m'attend du pont de Saint-Cloud au triangle de Roquencourt. Je m'insinue douloureusement dans le flot des tortues.

D'avec ma femme, j'ai divorcé pendant deux ans. Longue histoire compliquée par ce langage hermétique des hommes de loi, ratiocinations onéreuses à n'en plus finir alors que je pensais m'être conduit en seigneur généreux, lui laissant le plus clair de l'avoir. Je m'étais contenté de mes effets personnels et de quelques livres chers. Il a fallu discuter pied à pied indemnité et pensions au travers d'avocats paresseux comme des couleuvres et âpres comme des fourmis. Cet aspect sordide est finalement bénéfique : l'extinction de l'histoire d'amour. Si des regrets avaient pu naître, ils étaient tués dans l'œuf des disputes monnayées, des confrontations désolantes, du déballage pernicieux des griefs. « Mariage dissous par jugement du Tribunal de Grande Instance de… le… ». La sécheresse du dernier document officiel m'avait laissé dans le même état que celui d'un coureur de marathon qui passe, éreinté, le dernier la ligne d'arrivée.

Je me jurais alors d'observer un égoïsme absolu et un célibat sans faille. Les femmes redevinrent donc un agrément. Nous les choisissions avec mes compères habituels, comme on fait son marché pour le plaisir d'un moment, consommation vite oubliée. D'autres mets nous attendaient. Mais la bonne chère conduit vite au régime sec et peu à peu, nos fêtes s'espacèrent. L'ennui s'installa.

J'en suis là.

La boîte aux lettres est farcie de papiers, de couleurs racoleuses.

Le journal.

Les annonces.

« Une petite quarantaine, fonction publique, indépendante financièrement, bon niveau, elle a souffert mais a le cœur plein d'espoir. Elle est jolie, bien faite. Elle aime la cuisine, la peinture flamande et la nature. »

Je vais tenter. Je trouve cela insensé, mais après tout pourquoi pas ? Ma vie n'est-elle pas ainsi, sans orientation ? Le « j'ai souffert » me gène un peu. Je la sens larmoyante. Pour un premier essai, prenons le risque du ridicule. Allez, j'écris. J'essaie d'être drôle et déjà tendre. Le courrier classique, celui d'autrefois avec une enveloppe et un timbre me paraît mieux adapté que le mail adolescent pour envisager ne serait-ce qu'un bout d'avenir.

Le samedi matin, un quartier de la Ville Nouvelle se donne des allures villageoises avec un vrai
marché comme à la campagne. On s'y croirait en
humant les tomates, en tâtant les poires et les ca-
memberts, en choisissant une salade. On sourit aux
harangues de la poissonnière vantant à tue-tête la
fraîcheur de son merlu. L'atmosphère est printa-
nière, on voit déjà des bottes de radis et les premières asperges. Des femmes se créent le passage
avec la poussette du gamin entre les chalands des
étals colorés. Le sourire est partout, les gens vivent,
ça grouille. La pratique est heureuse.

L'inéluctable. Je poste ma lettre. Elle est
adressée à un numéro, le journal transmettra.

Maintenant, j'attends.

Sa lettre est simple comme bonjour. J'ai dû
l'amuser. Elle me répond en donnant son numéro
de téléphone. Elle signe : « Qui sait ? » et ne donne
pas son nom.

Dois-je m'empresser ? L'appeler déjà. Il n'est
sans doute pas mauvais d'attendre deux jours. Lui
donner l'illusion que je suis très occupé. Je bous.
Je dois préparer le premier contact, la première
impression... la bonne. Penser la rencontre. Proposer un endroit neutre. Le bistrot. À une heure
neutre aussi. Peut-on commencer par un dîner ?
Non, cela paraît difficile. Je lui proposerai dix-sept
heures ou bien carrément le matin à dix heures ?
On est mardi, je décide de l'appeler vendredi pour

samedi. D'après le cachet de la poste elle habiterait Vélizy. À part des supermarchés et une autoroute, il n'y a rien à Vélizy mais c'est à côté.

Le président m'a convoqué. Il met en place sa restructuration. Il m'explique son plan. Il est simple, nous devons produire autant avec des effectifs réduits. Je suis trop jeune sinon il m'expédierait en pré-retraite. Je suis trop jeune... Il y a bien longtemps que j'avais oublié cette antienne qui me rappelle mes débuts. J'étais déjà trop jeune pour me voir confier des responsabilités ; maintenant, je suis à nouveau trop jeune pour qu'on me les retire. « Il vous manque deux ans... », dit-il comme à regret. Et lui, le vieux crabe, a-t-il l'intention de perdurer ? Il a l'air de vouloir. L'atmosphère des bureaux est détestable, celle des conciliabules où l'on suppute les renvois, les déplacements, où les camaraderies se dénouent sur fond d'inquiétude et d'injustices pressenties. On en arrive à évoquer le nombre d'enfants de l'un, le travail de l'épouse de l'autre. Les gens se rendent à la cantine en groupuscules entendus.

Vivre le chômage dans la Ville Nouvelle, l'anonymat inactif. Le matin, on courait de l'immeuble à la gare, au bureau. Le soir, on courait du bureau, de la gare à l'immeuble. Et aujourd'hui, s'il n'y a plus à courir dans la petit matin et à la nuit tombante ? Je m'imagine mal sans emploi au milieu de ces cubes gris-roses ou bleus, errant le long de ces avenues utilitaires qui mènent d'un paquet d'habitats à un autre paquet d'habitats. Il y a bien la rue commerçante où on croise du monde en semaine. La plupart des boutiques sont à l'affiche des marques, franchisées, les véritables artisans ne sont jamais venus s'installer ici. Au bout, l'immense supermarché souterrain termine la voie en cul-de-sac, c'est la fourmilière.

En rentrant chez moi ce soir, je mesure avec acuité la vide de ma vie et de ce qui l'entoure. Le petit ruisseau ridicule aux bordures cimentées plus larges que son cours me paraît un bien risible Achéron et ma garçonnière embétonnée une dérisoire avant-dernière demeure.   Je vire au sombre, démuni.

Alors, pourquoi pas ? Assez atermoyé, je me lance. C'est idiot, je suis ému.

Le téléphone sonne longtemps. Enfin, c'est elle, l'annonce du journal. Elle est pressée ; elle sort, elle est en retard : « Non, pas samedi mais vendredi à quatorze heures. Oui, au Café de la Gare, elle connaît. Comment la reconnaître ? Elle aura une robe rouge. À vendredi. Au revoir. »

Je ne connais toujours pas son nom mais l'histoire est enclenchée.

Que fait-elle ce soir ?

Je ne vais tout de même pas demander des comptes à une inconnue ! Je souris à l'idée d'un rival, d'un autre candidat. Si tel est le cas, j'ai affaire à une grue ; une femme n'accepte pas un dîner avec un inconnu. Tant pis. Non, il doit s'agir d'un repas de famille ou quelque chose comme ça. Finalement, le « j'ai souffert » de l'annonce me rassure. Cette femme ne doit pas jouer. Elle est nette. Droite. Je me mets la rate au court bouillon pour rien. Je ferais mieux de dormir.

J'ai décidé de ne pas travailler ce vendredi. Je fais mon ménage. Je relis les annonces pour bien m'imprégner du style, je suppose que toutes les femmes qui en passent se ressemblent. Je tourne en rond. Comment vais-je m'habiller ? Je choisis le chic décontracté : veste Prince de Galles et pantalon de flanelle. Pas de cravate. Une pochette rouge pour faire le lien avec la robe. Il n'est que midi. Pour une fois, j'allume la télévision. Je ronge mon frein devant une série américaine de régression.

J'y vais. Le printemps gris pleuviote sur le parc. Le regard bas, je ne vois que les chiens en collier de cuir crotter sur l'herbe délimitée. Il y a des gens qui ne font rien et qui sortent leur clébard à cette heure. Je pensais que les résidences se vidaient tout à fait à heures fixes. Y aurait-il aussi une vie dans la journée ?

Elle aura une robe rouge.

Tout d'un coup l'évidence m'assaille. Et s'il y avait deux robes rouges ? Je ne sais rien d'autre : « Je porterai une robe rouge », c'est tout. Est-elle brune, blonde ? Grande, petite ? Je hâte le pas, je vais arriver trempé. Ces petites pluies fines sont infiniment pénétrantes alors qu'elles paraissent insignifiantes. Je suis sorti comme ça, sans imperméable ni parapluie. Ce lieu de rendez-vous est inepte, le Café de la Gare est encore bondé à deux heures. Une dernière tasse avant de reprendre le travail.

Je trouve une table et je contemple la place. Il est moins le quart. Les gens déambulent à deux sens, en diagonale de la gare vers le centre. L'arrivée d'un train se devine à l'afflux soudain d'une masse piétonnière obstinément pressée, qui sort de terre pour gonfler en grouillant cette artère bordée de réverbères en acier poli qui luisent sous la pluie. Je rêve de la mer translucide, les palmiers dans le vent, le sable gorgé de soleil : cette contrée lointaine où je vais emmener ma robe rouge. J'en suis à mon troisième café.

Les chaises s'entrechoquent, les gens partent travailler. On sera tranquille. Deux heures et demie. Réflexe, je me retourne. Elle est là. Bonjour. C'est vous ?

Un thé, la pluie. Les embouteillages. Elle est navrée. Sa voix est un peu haut perchée. Elle parle en regardant dehors, sans doute un peu timide.

47

Cette femme est carmin : sa robe, ses ongles, ses lèvres. Ses cheveux sont noirs, raides, au carré. Son parfum chaud, sucré, fort, s'exhale à chaque geste. Ses mains un peu courtes lèvent la tasse très chaude vers ses lèvres ; elle tête le rebord brûlant avec précaution, tel un baiser sur le tranchant d'une lame fumante. Elle y laisse son empreinte comme du sang.

Nous ne sommes pas diserts. Les mots s'arrachent avec peine. Elle semble absente. « Oui, oui, je serais heureuse de vous revoir. Il fallait bien faire connaissance. Non, pas ce week-end. Plus tard, vous avez mon téléphone. Je m'appelle Véronique ». Elle est partie sous la pluie, une tache rouge, évanouie dans le rang de la frénésie diagonale qui absorbait le dernier train.

À grandes enjambées, j'évite les flaques. Nous en sommes aux rafales, l'eau tourbillonne, aveugle, transperce. Des sacs en plastique volent au ras du sol. Courbées, des ombres courent vers les abris familiaux. Je suis enfin chez moi. Transi.

Musique et bain chaud. Avant de tremper, j'essaie sans complaisance de me mirer dans la buée sous le néon. Mes épaules me paraissent encore musclées, larges. Les bras ne sont pas si mal, les biceps saillent aisément. En revanche, l'estomac se relâche. Avec effort, je peux encore le rentrer, faire illusion sans respirer. Mes cuisses semblent avoir maigri, je les vois creuses. Le froid a rendu mon pauvre sexe ridicule, il est perdu, fripé, oublié. Je m'endors presque dans l'eau trop chaude et la vapeur. Les yeux clos, j'entends un petit piano lointain… une berceuse.

Ce samedi matin, j'émerge dans la joie. Le soleil se faufile entre les rideaux. Véronique me sourit, le visage nu, le rouge a disparu de ses lèvres tièdes, je devine ses seins, ses bras sous la robe de chambre, je m'étire, je la prends à bras le corps, elle éclate d'un rire tout neuf. Le téléphone sonne, ma femme de ménage occasionnelle me signale qu'elle ne dispose plus d'eau de Javel, de lessive et d'éponges qui grattent d'un côté pour les casseroles.

Maintenant, je suis vraiment réveillé… et seul. Le supermarché m'attend.

Dans le couloir, je rencontre le Grec, mon voisin. Naturalisé depuis peu, il est réparateur en tout. Il essaie de subsister, il s'occupe des robinets qui fuient. Il installe des baignoires et des cuisines. Il excite un peu le voisinage avec sa camionnette antédiluvienne qui gèle deux places sur le parking en permanence. Parfois, il la déplace. Il vit avec un énorme chien timide, César. Je l'aime bien mon Grec. Aujourd'hui, il est magnifique ; très beau costume à rayures, pin's à la boutonnière, cravate à fleurs, calamistré et sourire en biais. Je suis sûr qu'il va voir une belle : il ne traîne pas la jambe, il ne rase pas les murs, il occupe tout le couloir avec su-

perbe. Il me sourit de toute sa chaleur en me sou-
haitant un très bon week-end, même César me paraît beau et presque arrogant. Je regarde avec
tendresse cet homme déraciné partir dans le soleil
avec son chien ; il lui parle en grec et l'autre lui répond en agitant les oreilles.

Bien sûr, je n'ai pas la pièce de dix francs
pour louer le chariot à l'entrée du temple. Je vais
acheter des cigarettes pour obtenir de la monnaie.
Je conduis enfin mon appendice à roulettes entre
les murs de marchandises. Les autres pousseurs
embouteillent les allées, certains sont courtois et
écartent leur véhicule, d'autres bloquent le passage
sans aucune gêne. Quand je serai dans l'autre
monde, la mère de famille dans la folie des achats
fera partie des images à conserver de la planète
Terre. Des parents malins laissent leurs enfants au
rayon des bandes dessinées ou devant des dizaines
de télévisions allumées, pour faire leurs courses.

De la lessive, de l'eau de Javel et des
éponges. Je charge la mule. Mon ânée est bien
pauvre à côté de celle des autres. Les hommes en
survêtements, équipés d'énormes chaussures de
sport, gardent les bennes débordantes de denrées
ou parfois un gamin gesticulant trône, et dame be-
lette fureteuse fait tout à l'entour des navettes in-
cessantes en ménagère consciente des vraies promotions. Les conserves, les viandes, les légumes,
les bouteilles, les fromages s'entassent désordon-

nés. En général, les produits d'entretien ou le papier-toilette en pack de douze, voire de vingt-quatre rouleaux, coiffent l'ensemble. Et l'on pousse tout cela devant soi jusqu'aux caisses où le jeu consiste à choisir celle dont la file d'attente s'écoulera le plus vite.

J'ai toujours droit à celle qui tombe en panne, un produit n'a pas d'étiquette, un autre n'est pas conforme. Je végète dans ma file, je me demande ce que font ces gens de toute cette boustifaille, de tous ces rouleaux de papier. La Ville Nouvelle doit inonder son sous-sol de flots de merde piquetée de papiers roses et bleus, remplir des milliers de sacs-poubelles avec des boîtes de conserve, des bouteilles en plastique et des couches culottes diarrhéiques. En attendant, les gosses reçoivent des torgnoles, les couples s'expliquent crûment, la tension monte. Et puis, on va au parking remplir le coffre jusqu'à la gueule. Le week-end a bien commencé. Dans l'horreur.

S'abstraire du monde dans ces moments-là est un exercice difficile mais j'y parviens assez bien. Je lui dois ma survie.

Je vais aller maintenant prendre une goulée d'air frais au petit marché, choisir une salade, un gentil poulet grassouillet, des pommes de terre rattes et c'est juré, je m'ouvrirai un Saint-Amour pour couronner le tout. Cette perspective me rend mes jambes.

Je suis satis fait de mon poulet, je me régale sur ma nappe de gala. J'ai sorti le cristal et je me sers mon beaujolais juste frais, avec tout le soin qu'apporterait le sommelier du Grand Véfour. Ma petite fête me réjouit. Monsieur prendra-t-il son café au salon ? Absolument. Avec une fine champagne s'il vous plaît. J'aime ces moments, entre sommeil et rêverie, où l'on redessine un destin en le projetant sur l'idéal d'un écran intérieur. Le film se déroule, harmonieux, les images s'enchaînent avec bonheur et ma gomme attentive est prête à effacer in petto celles qui pourraient devenir décevantes.

Elle est debout devant moi. Nue. Son visage est grave. Sa respiration saccadée anime toute sa chair. La vie est en ébullition sous sa peau blanche. Le doux renflement de son ventre tend vers moi cette tache noire à la géométrie mouvante. Ses cuisses répriment dans un frisson l'envie d'avancer. Son regard quémande. Je me lève, je l'entoure de ma muleta, je la fixe sous les bras à la manière d'un paréo. Ses épaules éclatent de blancheur sur l'écarlate. Ses pieds agrippent le poil du tapis. Elle joint ses mains, s'agenouille devant l'épée qui étincelle sur le sol. En cette adoration, elle se penche lentement pour baiser la lame. Elle se redresse et détache la mante ensanglantée qui s'étend sur le sable brûlant. Elle y allonge sa pâleur pour l'estocade.

Généreux, sans tricherie aucune, j'ai passé ma soirée à écrire à Véronique. J'avoue mon âge, ma situation professionnelle chancelante, les avatars de ma vie. Mon état. Avec plus de difficultés, je couche mes espérances, ma foi en l'avenir et je nomme même le point d'orgue : l'amour d'une femme. Je ne suis pas mécontent, cette lettre paraît bien un peu filandreuse et longue, mais sa franchise, les quelques effets semés ici ou là, et mon cri du cœur doit sans aucun doute l'émouvoir. Le ton et le style me paraissent adéquats. Sérieux avec une pointe de romantisme, un brin d'humour et quelques points d'exclamation pour fouetter son imaginaire. J'ai choisi un lourd papier rouge, une encre noire et riche. Elle devrait apprécier le clin d'œil à sa beauté. Je souris ce matin en léchant la gomme de l'enveloppe, comme un gamin farceur. Un dimanche comme celui-là mérite une fête. Si j'allais déjeuner à Versailles ?

Dans le couloir gris, je croise mon Grec. Il a retrouvé sa couleur muraille et César a la queue basse. On se salue d'un signe de tête. Mes deux amis disparaissent dans l'ombre. Le soleil m'attend.

Déjà les touristes se pressent. Le château est somptueux. Les deux pavillons d'entrée m'ont toujours évoqué les pinces d'un gigantesque crabe qui dirigeraient les cars entiers des visiteurs vers l'engloutissement. La gueule de Moloch. Je passe hardiment le sas et traverse les pierres, le bassin de Neptune est là. Versailles est pour moi plus un jardin qu'un palais. Le Nôtre m'éblouit. Le Vau et Hardouin Mansart m'ennuient.

De la première esplanade verte, on embrasse le monde. La vue est unique. Je parierais que c'est ici que le roi dessinait ses grands projets. Après, on dégouline jusqu'au bassin d'Apollon d'un pas tranquille et voilà le grand canal dans sa forêt domestiquée. J'aime bien le petit établissement où l'on peut se restaurer simplement en regardant les promeneurs et les canotiers du dimanche. Je m'installe en terrasse, on parle toutes les langues et la chère n'est pas aussi mauvaise qu'on pourrait le craindre.

À la table voisine, un jeune couple. Ils se pourlèchent avec la même glace débordante de crème Chantilly. Ils s'embrassent. Leurs corps sont soudés. Elle a taché son pull-over, ils rient et s'embrassent encore. Ils s'en vont enlacés. Les deux chaises abandonnées semblent continuer le dialogue amoureux. Mon steak est épais et savoureux, je m'en régale. Mon café refroidit doucement et le soleil m'envahit tout entier. J'offre mon front à ses premières ardeurs ; l'évasion, les yeux clos, le voyage au milieu de la rumeur assourdie des convives. Un oiseau insolent vient picorer les miettes sur ma table, trouble ma quiétude par ce toc-toc sur le métal et son froissement d'aile en guise d'adieu me rend à la rêverie d'un été futur.

Son parfum, je sens son parfum. Elle est là, dans l'air. Je lève mon nez encore dans la brise annonciatrice, cherchant la direction, girouette olfactive comme le museau d'un chien de chasse humant dans la fraîcheur matinale le souvenir du passage nocturne d'un gibier. J'ouvre les yeux. Elle est là, à deux tables.

Elle me tourne le dos, son corps est orienté vers Apollon. Je vois à travers les barreaux de son dossier qu'une chaîne dorée serre la taille de la robe rouge ; un foulard négligent du même éclat protège par sa caresse la nuque de mon espoir. Elle attend. Je l'observe. Je sais que je ne dois pas me manifester. Pour être libre de mes mouvements, je paie ma note. Elle a croisé ses jambes ; je m'attarde sur la courbe de ses hanches. On devine le dessin de sa culotte sous la soie tendue. Quand elle se penche en avant pour prendre une gorgée de thé, je suppose, la marque élastique de son soutien-gorge barre son dos délicatement. Quelques cheveux jouent dans le vent et parfois sa main, d'un geste lent, vient ordonner la masse noire.

Un homme s'avance, j'en suis sûr. Je le vois courir de loin dans l'allée. Elle est à demi levée sur sa chaise, elle fouille dans son sac précipitamment, pose des pièces sur la table. Elle est debout quand il arrive. Ils s'embrassent, se serrent furieusement, se regardent. Ils s'en vont et marchent sans se quitter des yeux, des mains et des hanches.

Le froid tombe vite ces après-midi de printemps qui laissent entrevoir l'été.

Les gens rentrent de week-end. Garer sa voiture reste un problème assommant dans la cité. Les automobiles pressées côte à côte empoisonnent l'instant. Pour se ranger, il faut tourner une heure, rêver au départ d'un autre.

LA MOULEYSSIE

Monsieur Martinet enseignait le français depuis trente ans.

Cela avait bien changé depuis ses débuts et les dictées piochées dans *Le Petit Chose* et les *Mémoires d'outre-tombe*. On comptait alors les fautes d'accent, on s'importait de la ponctuation, les textes étaient édifiants et les Parnassiens labouraient les tendres cervelles au rythme de leurs alexandrins sonores. Les professeurs étaient cravatés et jouissaient de la considération générale.

À part deux ou trois cancres, les classes peuplées d'élèves attentifs respectaient les maîtres et la langue. Monsieur Martinet avait cru en sa mission ; l'éducation des jeunes Français fondée sur les principes d'une école laïque, ouverte à tous, dans le cadre de la discipline librement consentie, éclairée par la pensée universelle des grands auteurs.

Aujourd'hui, son espoir se bornait à la retraite prochaine et si possible en bonne santé.

L'idée d'arriver au bout dans le même état qu'un gazé de la Grande Guerre troublait souvent mon sommeil. Les vapeurs puantes de la raffinerie ajoutées à celles de la zone industrielle du port de Rouen asphyxiaient la population riveraine les jours de mauvaise brise. Les Martinet, jeune couple naïf, avaient acheté ce pavillon en meulière au lendemain du mariage en rêvant d'apprendre à marcher à leurs enfants sur la pelouse du jardin à l'ombre des deux grands tilleuls. Madame Martinet avait élevé une fille et un garçon dans la fumée de l'industrie parmi les métèques du voisinage.

Elle vivait au foyer. Elle astiquait, elle traquait le grain de poussière, tenait les rênes du budget d'une main ferme et constituait sou par sou le pécule familial. Elle avait su distribuer aussi les taloches pour apprendre les bonnes manières aux deux galapiats qui s'égaraient maintenant dans les couloirs de l'université. Les plages des vacances s'étalaient largement sur le grand calendrier affiché dans sa cuisine afin d'armer à temps la caravane et surtout entreprendre les tâches relatives à la fermeture de la maison avec toutes les précautions d'élémentaire prudence. On cambriolait beaucoup dans les environs.

Sombre et feuilletée, la pierre a l'éclat des pépites. Les maisons du pays sont à l'image, presque noires, trapues, défiant l'autan sur des pitons rocheux. Le châtaignier des charpentes grince, arc-bouté sous le poids des lauzes qui piquent ça et là les collines d'un reflet argenté couvrant des maisons lointaines, cubes de charbon fichés dans le vert fané.

Ici, l'homme évite l'étranger. Il tire son blé de la pierre, élève ses bêtes et ses enfants quand tout va bien. On veille, en se relayant nuit après nuit, à nourrir des veaux ou des cochons. Dans un bercail minuscule ou, seuls dans d'immenses maisons austères vivent de vieux célibataires, l'un pense au remembrement et d'autres n'ont plus que de vieilles douleurs craquelantes et des fiertés de princes en exil.

Et le vent souffle. Il règne en toutes saisons, plaquant la neige sur les volets clos ou roulant des festivals de poussière.

Monsieur Martinet fit sa manœuvre sur la place de la mairie. Le bourg dormait. Exténué par toutes ces heures de route et les derniers lacets, il pensa que le site municipal suffirait à la caravane pour la première nuit de vacances. Madame Martinet tira les rideaux, déplia la couche mécanique. Le sommeil les prit.

L'air frisquet les éveilla. Pureté. Légèreté. Chaque respiration parut une découverte, une source, l'ivresse d'une naissance. Ils se sentaient propres jusqu'au plus intime. Ils firent le tour de la place en dansant et s'entendaient chanter avec les oiseaux. La caravane dételée, la voiture retrouva ses ailes. Il fallait visiter, fouiller ce pays, comprendre sa force. On s'arrêta dans des hameaux, on s'extasia sur la nature vierge, ses arbres, ses rocs, ses torrents. On respirait encore et encore à s'en saouler. Tout embrasser d'un coup. Dans une bourgade, ils achetèrent une miche, une tranche de pâté, des saucisses, autant de produits frais et d'un prix dérisoire qui les enthousiasma.

Il se prit à rêver d'une large table en chêne, bien lourde, posée devant l'étendue vierge d'une rame de papier, d'un pot avec des crayons bien taillés. Il écrivait enfin. L'inspiration surgit du vent, des silences déchirés par les cris des corneilles, des promenades solitaires aux couleurs crues de la vie, des rencontres paysannes. Il l'avait bien pressenti. Il serait le maître et l'ami de la muse rebelle, ici. Le carré de potager, domaine de Madame Martinet, pourvoirait aux légumes et aux fruits. Nature et santé exhalées de la marmite de fonte mijotante embaumeraient la ronde des jours. Tous les deux prépareraient en riant d'exquises salades relevées d'herbes fraîches. Les enfants puis les petits-enfants viendraient respirer leurs richesses, se gorger de leur bonheur pour repartir, émerveillés et courageux, vers les vicissitudes de leur quotidien. Ils sauraient que la vie a un but.

Il fut convenu d'interroger les commerçants du village.

La Mouleyssie dominait de sa masse grise la châtaigneraie enfoncée dans la gorge du torrent. Elle n'était plus habitée depuis la mort du vieux. L'héritier, nouveau citadin, ouvrit les portes et les volets avec peine. Il exprima sa jeunesse, les souvenirs, son regret de vendre ; mais il fallait être réaliste. Les murs épais, le large plancher rugueux, la cheminée à cuire un bœuf entier, le figuier contre le mur de la grange, la vue sur l'infini, l'émotion, entraînèrent la première signature, sans discussion, chez le notaire. Il restait à souffrir le concret pour réaliser, obtenir un crédit-relais, vendre la maison de la vie passée, faire établir des devis aux artisans, suivre les travaux. Prévoirait-on une clôture ? On prit des photos dans tous les sens, on traça des plans. La caravane put se reposer un mois à l'ombre de sa retraite future avant de revenir vers ses brumes coutumières. La dernière année scolaire s'annonçait fiévreuse.

C'était la grève générale. Les syndicats agitaient la banlieue et les fumées paraissaient moins épaisses. Des comités de tout débattaient, même les collégiens manifestaient. Jusqu'aux parents d'élèves, assommant les dernières bonnes volontés de récriminations sur les horaires et la salubrité de la cantine qui hurlaient. Monsieur Martinet attendait les vacances de la Toussaint dans le désordre d'une société qui l'abandonnait. Mais un figuier l'espérait. Après le bulletin météo pour connaître le temps de là-bas et le dîner avalé, il étalait sur la table le plan de la Mouleyssie qui trônait déjà dans un cadre sur le buffet. Il y apportait avec sa femme de nouvelles retouches sans cesse redéfinies. En revanche, les enfants demandaient à voir. Venus déjeuner un dimanche, leur scepticisme avait fait douleur. On s'était quitté fraîchement sur un « après tout, faites ce que vous voulez, chacun sa vie. »

Les collines séparées par des gorges rousses s'apprêtaient pour l'hiver sous le vent encore chaud au midi mais annonciateur de gel au soir tombé. Cette fois-ci, on était venu en train et puis en car jusqu'au petit hôtel du bourg. Rendez-vous pris avec le maçon, le plombier et le menuisier. On allait s'engager pour de bon. Et Monsieur Martinet possédait la clef. Maintenant maître d'œuvre, il lui parut qu'on le saluait dans la rue et l'auberge bien modeste leur servait des poêlées de cèpes frais avec des confits de toutes sortes. Il trouva du charme au vin aigrelet de la réserve, elle s'extasia sur la légèreté limpide de l'eau en carafe. Le bonheur prenait goût.

Ils remontèrent les bras chargés de ces denrées en bocaux préparés pour l'hiver campagnard, d'une miche pour famille nombreuse et d'une pierre, relique ramassée au bord du chemin de la Mouleyssie.

Les élèves avaient repris l'école, l'effervescence avait tourné en grisaille. On rattrapait sous la pluie le cours interrompu de l'étude. Les vacances de Noël retenues d'une année sur l'autre aux Arcs empêchaient d'aller au pays des sources et des saveurs avant le printemps. Les artisans, injoignables quelles que soient les heures, devaient mener bon train les travaux. Monsieur Martinet leur écrivait chaque semaine ses recommandations pour maintenir la pression. Aux premières factures, il soupira d'aise ; cela avançait.

La pluie fine et serrée tenait lieu d'horizon. Le cœur au chaud dans la buée, Monsieur Martinet roulait avec sa femme vers la Mouleyssie. Désormais, la caravane était au rancart ; pour les Pâques, on dormirait dans la maison.

L'arrivée se fit sous le déluge, ça ruisselait de partout. L'eau aux chevilles, Madame Martinet courut ouvrir sa porte. Émue jusqu'aux os, elle visita son domaine de gravats. Immondices éparses et quelques meubles livrés pour le provisoire. Le chauffage restait une promesse mais le couvreur avait rempli, Dieu merci, son office.

Ils s'attaquèrent vaillamment au nettoyage intérieur. On pouvait penser aux peintures pour l'été ; quant au jardin, il tentait d'absorber le ciel. Il se montrait aussi bien fouissant. La moindre tentative de sortie paralysait les jambes citadines, encaoutchoutées de bottes vertes achetées à la hâte, de masses pesantes de glaise. La pluie et le vent empêchaient d'allumer un feu dans la cheminée. Épuisés, un rien désenchantés mais l'espoir au ventre, ils rejoignirent quelques jours plus tard le troupeau au rythme des essuie-glaces. Bien entendu, les relations eurent un récit idyllique, la nature était vérité, l'air était pureté et si la pluie, sur laquelle on ne pouvait mentir, puisque la France entière en avait été victime, n'avait cessé, elle se vêtait là-bas de reflets irisés en apportant cette fraîcheur désirée par l'ensemble d'un monde végétal en pleine renaissance.

Ce dernier trimestre languissant pour les collégiens fut une sorte de sursaut pour Monsieur Martinet. Il finissait par un sprint cette longue course d'attente. Il rénovait ses cours, redonnait du neuf aux classiques, réinventait la comédie pour sa troupe stupéfaite qui finalement se prit au jeu. Madame Martinet remplissait des cartons et des malles, racontait leur départ prochain à tous les commerçants.

Ils arrivèrent le quatorze juillet par une chaleur saharienne. Dans la maison le chauffage marchait à fond. Le jardin inapprochable promettait une belle récolte de mûres. Le figuier s'étalait majestueux au coin de la grange. Cet arbre pacifique ne tolérait pas la moindre végétation sous l'ombre parfumée de son large feuillage. Il méditait seul. Tout ce qui poussait s'embroussaillait en touffes et en murailles. C'était un inextricable désordre végétal, le recel glorieux des nids et des fourmillements. Il s'agissait de domestiquer toute cette énergie pour lui donner forme. Devant la maison, un fatras de matériels agricoles empêchait toute manœuvre, monstrueux enchevêtrement de lames rouillées, d'engrenages graisseux, de bras tendus vers le ciel, de roues crénelées qui promettaient labour. Qui en est l'étourdi propriétaire ?

Madame Martinet dépêcha son mari pour le trouver et le prier d'enlever sa ferraille. L'homme fut facile à dénicher à la ferme voisine. Le béret enfoncé jusqu'aux yeux, il expliqua en bougonnant dans sa rocaille qu'il entreposait ses machines depuis toujours, chaque été, à la Mouleyssie ? Il ne donna pas l'impression de vouloir changer ses habitudes. Commencer des relations de voisinage par un bras de fer eut été maladroit ; on s'efforça de trouver un terrain d'entente. L'autochtone avait besoin d'écorner le jardin de Monsieur Martinet pour faciliter l'accès à ses pâtures ; il proposait en échange de monter une clôture et bien entendu de retirer dès que possible son matériel. On scella ce pacte sous le soleil.

C'est ainsi que la Mouleyssie fut entourée de fils de fer barbelés, son chemin d'accès couvert de bouses : une horde de vaches rouges aux cornes en lyre s'intéressèrent de près à la vie de ses habitants. Quant à l'aratoire, il resta là.

Le directeur parlait d'une voix monocorde à l'assemblée des professeurs recueillis. Monsieur Martinet avait été un exemple. Fin lettré, pédagogue attentif, respectueux de la discipline, estimé par ses collègues, il laissait un vide difficile à combler pour ses jeunes successeurs. La meilleure voie serait pour eux de calquer à l'exact l'excellente attitude du maître qui s'en allait pour une vie nouvelle. La retraite est un commencement, et nous vous souhaitons, mon cher ami, bonne chance. Ainsi prit fin le discours sous quelques applaudissements. On ouvrit du mousseux et quelques boîtes de gâteaux secs. Le principal remit au nom du collège un volumineux paquet contenant tous les tomes des *Hommes de bonne volonté.*

Une jeune stagiaire s'avança fleurie de roses vers Madame Martinet, témoin muet cachant avec peine son émotion. La jeunesse souhaita de nombreuses années de bonheur et fit un signe. Apparut alors un adorable chiot tout blanc que l'on mit dans les bras de sa nouvelle maîtresse. À la campagne, il fallait un chien.

Le grand déménagement final s'opéra. On crut le camion trop petit mais tout s'encastra. La maison changeait de main. Un jeune couple de fonctionnaires s'était endetté à son tour. On échangea quelques larmes avec le voisinage.

L'hiver commença. La rigueur du climat apprit à domestiquer la cheminée, à constituer des provisions. Le rythme de cette nature nécessitait le retour à une vie essentielle. Seul Boris, le chien blanc appréciait ces rafales de neige, il attrapait les flocons et se roulait avec délectation dans le froid. La propreté régulière de la Mouleyssie exigeait une vigilance de tous les instants et Madame Martinet veillait à l'impeccable.

Les enfants vinrent passer Noël avec des amis. Après les effusions et la joie de la fête familiale, la semaine s'avéra éprouvante. Leur musique tonitruait des nuits entières, les lits grinçaient, des cris inconcevables perçaient la nuit. Les jeunes dormaient le jour. Monsieur et Madame Martinet rangeaient, nettoyaient, préparaient les repas et finissaient en soirée devant des monceaux de vaisselle. Les parents se retrouvèrent seuls avec soulagement.

Le premier printemps fut précoce. La nature riait, on put enfin avoir une maison nette. Monsieur Martinet se découvrit alors une vocation de collectionneur. Il courut les brocantes villageoises et entassa ses trésors dans son bureau. Il y passait des heures à en changer l'ordonnance.

Boris, énorme, jaloux et possessif empêche quiconque d'approcher sa maîtresse qui rêvasse devant la télévision entre deux séances de nettoyage.

En juillet, le matériel agricole vient s'installer dans la cour de la Mouleyssie pour bien marquer ce nouveau rythme de la vie.

Monsieur Martinet taille ses dix-huit crayons pour écrire son recueil de nouvelles qu'il enverra au plus tôt à un éditeur. Il s'obstine à la lecture des *Hommes de bonne volonté*.

Et c'est alors qu'il se rendit compte de son absurdité, l'écriture s'avérait beaucoup plus laborieuse que prévu et Jules Romains lui parut bien vite hors de propos. Alors il tenta de se fixer des horaires stricts, lever sept heures et table de travail à huit. Mais madame Martinet découragea par son manque d'intérêt ces velléités de création intellectuelle. La campagne restait belle mais peut-on ne passer ses journées qu'à la contempler ?

Ginette, c'est ainsi que désormais, au village, on appelait madame Martinet, avait trouvé le sien, d'emploi du temps : sitôt le café bu, filer au village, discuter avec la boulangère du temps et du coût de la vie, baguenauder parmi les verdures exposées à la coopérative agricole et le samedi après-midi engager les « grosses courses » au supermarché de Villefranche.

Au rythme des saisons, le jardin - ou plutôt les abords de la maison – nécessitaient des heures d'entretien ; elle s'extasiait devant le premier bourgeon à la fin de l'hiver, disputait les cerises aux oiseaux du printemps et réalisait son rêve d'avoir des roses toute l'année ou presque. Tout ceci prenait du temps après l'entretien de la maison, du linge à repasser, la cuisine obligée...

Les mornes conversations au sujet des mémoires en panne de monsieur Martinet s'épuisaient vite et sitôt le déjeuner expédié, la vaisselle effectuée, Ginette promenait Boris dans la campagne. Elle se sentait vivre, elle respirait la nature, l'odeur des châtaignes, des mousses et champignons ; parfois l'Autan s'énervait alors elle l'affrontait, emmitouflée, courbée, en s'appuyant sur une canne d'occasion ramassée au hasard du chemin. Elle apprit à cueillir les cèpes et les girolles et acheta deux poules pour avoir ses œufs frais et « bio » à disposition, de délicieuses omelettes se profilaient. Mais le renard sut mettre bon ordre à ces folies qui firent ricaner monsieur Martinet – « je l'avais bien dit » - cette réflexion soulignait chacune des espérances déçues. Et la vie reprenait de plus belle, pour Ginette qui s'émerveillait toujours d'un rien.

Seules, les soirées assombrissaient son esprit. Maintenant, monsieur Martinet lapait sa soupe en râlant après les nouvelles, ces informations prétendues telles à la radio et à la télévision sur l'impéritie des politiques dont Ginette se fichait totalement. Cette nouvelle marotte la laissa désemparée, monsieur Martinet avait toujours affiché le plus souverain mépris à propos de ces parlottes inutiles, de ces ragots indignes de journalistes supposés intègres et honnêtes. Les grands textes de nos auteurs suffisaient naguère à enrichir sa réflexion et animer la conversation.

Maintenant les soirées signifiaient séparation. Martinet s'endormait devant un écran et Ginette après la vaisselle et le rangement allait faire un dernier petit tour avec Boris avant de retrouver les grands auteurs au fond de son lit.

Le monde s'était inversé. À l'exception des tâches ménagères !

Par un joli matin d'avril, les vaches rouges du voisin détruisirent la clôture et investirent tranquillement le territoire. Monsieur Martinet s'étouffa de colère mais resta là, offusqué, derrière les carreaux de la cuisine, alors que Ginette descendit, calma Boris prêt à en découdre avec ce troupeau pacifique ; un gaillard, le béret bien vissé jusqu'aux yeux, un bâton à la main, tentait déjà de discipliner les bêtes indociles. Claude, le fils de la ferme, l'héritier, toujours célibataire à quarante ans. De loin, Ginette lui fit un signe de la main, il répondit avec un sourire d'excuse et finalement parvint à faire refluer le bétail vers son territoire.

D'apparence anodine, l'incident déclencha un séisme. Le vieux professeur suffoqua, cracha sa bile sur la paysannerie, ce pays d'abrutis, de crétins dégénérés qui ne vivaient que des subventions de la République, et qui… et qui… Il en fit un malaise !

Claude revint, sans les vaches cette fois-ci, présenter ses excuses. Ginette le trouva charmant, grand garçon vigoureux, au regard clair. « Je pourrais être sa mère », songea-t-elle…

Quelques semaines plus tard, après le malaise, on trouva une place à monsieur Martinet à la maison de retraite de Villefranche.

Madame Martinet transforma, éclaira la Mouleyssie de son esprit, de sa gentillesse et de son sourire accueillant. On y vint souvent pour trouver chaleur et réconfort et parfois un bol de soupe !

VALSE GRISE

I

LE COLONEL

Louis-Marie de la Rochemineau, assis sur son lit dans l'attitude de l'homme accablé, la tête dans les mains, les coudes plantés sur les genoux, contemplait ses bottes. Elles craquelaient aux chevilles, blanchissaient aux mollets et une semelle semblait vouloir, dans un début de bâillement, se faire la belle. Pourtant Louis-Marie n'avait pas lésiné sur les crèmes, baumes et onguents prodigués lors de ces dix dernières années : « elles sont à mon image, pensa-t-il, fières et droites mais décrépites et douloureuses aux points névralgiques ».

En retraite, le colonel de la Rochemineau se maintenait en vie dans sa maison située à la sortie de Saint-Chiron. Il disposait d'un bon hectare de pâture longeant le chemin vicinal qu'il avait clôturé pour Valse-Grise.

Le colonel vivait avec elle.

Il avait bien eu un frère agriculteur, à la nombreuse descendance, qu'il ne fréquentait plus depuis des lustres. L'idée du mariage, quant à lui, n'avait fait qu'effleurer son esprit. Les occasions d'autrefois, ne dépassèrent jamais le stade d'occasion. Il conservait quelques souvenirs de sous-lieutenant apparentés à des lectures romanesques qui circulaient certains soirs devant la cheminée, comme on se remémore la perfide Milady de Winter, la romanesque Emma ou plus exotique, la sauvageonne de Tara, l'intraitable et obstinée Scarlett. Ces images constituaient une histoire qui n'était plus la sienne, même si je le surprenais parfois à contempler des magazines de hasard et des publicités suggestives. L'homme connaissait les choses de la vie mais s'était toujours contenté du rêve dans ce domaine. Pourtant le sexe, à ce que j'ai pu constater, semble constituer un point essentiel dans la vie des hommes. D'ailleurs, dans le village, on connaissait de vrais étalons à disposition et des femelles sous emprise qui allaient commettre l'acte de chair à la ville, loin des yeux mais sans tromper le monde. Tout finit par se savoir. Ce qui alimentait les conversations à l'instar du rugby et de la politique.

Le colonel se tenait à l'écart. Notre soldat n'avait manié que la chambrière et la cravache en fait d'armes. Parfois le stylo au hasard des états-majors.

Il vivait avec Valse-Grise.

L'un dépassait largement la soixantaine et l'autre atteignait la vingtaine.

Par la grâce de l'Administration, il avait obtenu la garde de sa jument en quittant l'École. On ne sépare pas un Rochemineau de sa monture. Valse-Grise boitait bien un peu, mais elle avait connu la gloire du grand manège des écuyers sous sa selle. Ne lui avait-il pas tout appris ? *La polka des souris blanches* sautillait encore dans leurs mémoires. Son passé d'honnête serviteur, et il faut bien l'avouer, ses origines modestes, évitèrent à Valse-Grise la reproduction bestiale et mercantile, voire un sort plus funeste. Nos retraités vivaient, si j'ose dire, en couple et leurs journées se déroulaient selon un programme dont la discipline garantissait précisément la survie.

Six heures, debout. Toilette à l'eau froide, une casserole d'eau chaude pour la barbe. Un caleçon long. Café. La tenue de travail et les bottes. Paré, le colonel allait porter une brassée de foin dans le box de Valse-Grise. Commençait alors le monologue du matin. D'abord la contemplation, ensuite les réflexions : « tu as encore dormi en vache ! ». Le gris truité de la robe s'auréolait largement d'un jaune maronnasse sur les flancs. Valse-Grise poussait son foin du nez, en mâchouillant quelques brins, indifférente aux soins et aux paroles. L'étrille, le bouchon, le cure-pied ne la concernaient pas. Pourtant, par instant, elle fermait ses yeux de contentement, ces signaux le touchaient : « je te soigne bien, hein, ma cochonne ! ». Il ne savait pas qu'elle jouait le jeu, qu'elle trouvait le foin abominable, qu'elle attendait courtoisement la phase suivante. Les juments aiment bien les rites, les habitudes bien huilées, les horaires respectés.

Le colonel la laissait, l'instant d'aller se réchauffer d'un nouveau bol de café qu'il buvait debout à la fenêtre de la cuisine, en contemplant le vallon pour supputer le temps à venir.

Il rejoignait alors sa compagne pour l'amener à sa pâture : le paddock. Valse-Grise n'y avançait que de sa longueur, la clôture refermée au ras de ses fesses, elle enfouissait son nez dans le vert et se moquait du reste.

Il était l'heure de quitter la mise de palefrenier, celle de s'encostumer. Cravate noire. Un coup sur les souliers. Enfiler le trench et en route, d'un bon pas, le dos droit, pour Saint-Chiron, le cabas à la main. Le commerce l'attendait. La subsistance. Les boutiquiers.

— Croyez-vous mon colonel que ce temps de chien va cesser ? Tout est déglingué. Tenez, j'ai mis de côté pour votre jument quelques pommes un peu fatiguées.

— Bientôt Noël, mon colonel. La municipalité a déjà mis les guirlandes. Et avec ça, qu'est-ce que je vous mets ?

— Tous les mêmes ! À droite ou à gauche ! C'est du même tonneau ! Vous y croyez encore, mon colonel ?

— Gauche-droite, gauche-droite ; c'est comme ça qu'on marche, non ? Et la République aussi, me semble-t-il, depuis les années funestes.

— Oui, oui. Je comprends bien. Mais va y avoir des travaux sur la place, ça va gêner le commerce. Avez-vous vu le nouveau plan de circulation, mon colonel ? Ils auraient aussi d'autres projets et c'est, paraît-il secret. C'est idiot, c'est idiot. Qu'avez-vous pensé du petit poulet de la dernière fois ? J'ai des pintades extra en ce moment. »

C'est chez le marchand de journaux, buraliste que les conversations s'engageaient vraiment au milieu des lecteurs de revues. L'impudence de ces gens qui compulsaient les magazines debout en les commentant avant de les reposer en rayon, le révoltait. Lui, s'il voulait lire, il achetait. Il est vrai qu'il n'était guère tenté, la lecture du quotidien régional deux fois par semaine suffisait à sa culture, à son information et à l'allumage des feux de cheminée les soirs de fraîcheur.

Dès qu'il avait tourné les talons, les discussions s'enflammaient : celui-là cachait son jeu. Il savait. Il avait été un homme de réflexion et de décision. Peut-être même un héros. Les relations tenues secrètes, du plus haut niveau, voire ministérielles, devaient entretenir ce courrier, que Bruno, le facteur, soupesait parfois avant de le glisser dans la boîte, en regrettant que cette dernière fut placée au bord du chemin à cent mètres de la maison.

Je savais bien que ces braves gens n'avaient pas de malice. Le petit commerce vivotait. Les villageois réalisaient le gros de leurs achats à Villefranche où Leclerc, Auchan et subsidiaires alimentaient les caddies. Je constatais juste de petites entourloupes, des kilos approximatifs, un rendu de monnaie aléatoire, le tout couvert par la conversation que l'on a aisée dans la région. Au fond, ils sont gentils et vivent de peu. Leur projet se borne à vivre le mieux possible avec les moyens qu'un minimum de travail peut produire. Après tout le travail est-il une fin en soi ? Et le profit que l'on peut en tirer ? Ils donnaient réponse par leur attitude. Les ambitions ne se situaient pas là. Les ambitieux partaient, on appelait cela l'exode rural.

Au retour, il empruntait le vicinal. Arrivé, il observait Valse-Grise qui l'attendait pour une pomme ou une carotte. Elle ne s'était déplacée que de quelques mètres. « Feignasse » maugréaitil ». Il restait alors parfois de longues minutes à l'observer.

Il expédiait un déjeuner. Souvent debout. Allumait la radio et puis, las, montait les escaliers de sa chambre, pour se jeter sur son lit où gisaient quelques vieilles revues, dormir une ou deux heures, selon le temps et l'humeur.

Vers quatre heures, il se passait de l'eau sur la figure, se redressait et, par discipline, s'obligeait à enfiler la tenue, culotte et veste noires, bottes cirées, feutre sur la tête, cravache sous le bras. Il fallait longer Valse-Grise. Vingt minutes à gauche, vingt minutes à droite. Elle trottinait sagement dans le rond, docile. Elle savait depuis des lunes que deux litres d'avoine aplatie l'attendaient dans son box à l'issue du pensum, cet exercice obligé, consenti par alliance et souci des convenances. C'était surtout à ce moment-là qu'il lui parlait :
« Holà, la belle ! Tu as pris du ventre, tu sais. Trotte, trotte. Allez, avance ! Remue-toi ! Ah ! C'est bien, tu as gardé ton allure. Va, ma poule. Va, ma poule. Je te soigne trop bien. Allez, allez allonge… roule, roule… c'est ça, oui ma chérie. Encore un peu, tu es belle. Oui, oui… »

Valse-Grise lui répondait par des regards en coulisse et acquiesçait, les oreilles quillées en avant. Elle l'aimait bien son vieux.

Et moi aussi, parmi tous les villageois, j'en avais fait mon préféré. Cette âme-là était franche, limpide et fière.

Retour au box. Louis-Marie arrangeait la paille, Valse-Grise tapait le sol d'un antérieur, en signe de satisfaction, le nez dans sa mangeoire. Il lui flattait la croupe, caressait son rein, ses flancs et presqu'à regret, rejoignait la maison. Le soir tombait déjà. C'était l'heure du bilan de la journée et le programme pour le lendemain : aller négocier un sac d'avoine chez le grainetier, donner un coup de masse sur le piquet à l'entrée du paddock, changer l'ampoule de l'escalier... ce dernier étant déjà bien assez périlleux.

Il ranimait le feu dans la cheminée, relisait en rêvassant et allait se coucher à dix heures.
Un soir, ce fut l'événement !

À huit heures, on frappa à sa porte !

II

MONSIEUR MARTROIS

Ainsi on frappait à sa porte !

À huit heures du soir !

On refrappait même d'un index impérieux sur le carreau.

L'événement lui parut surprenant. Incongru.

Il décida enfin de s'extirper de son fauteuil, quitta l'âtre avec regret et prit soin d'ajuster son col avant d'aller ouvrir la porte.

Monsieur Martrois emplissait l'espace. La nuit se découpait entre les épaules massives et le chambranle.

Il fallut quelques secondes pour que le silence s'interrompît entre les deux hommes.

— Monsieur Martrois, dit l'un.

— Mon colonel, dit l'autre.

Jean-Pierre Martrois possédait la graineterie du bourg où sa femme vendait toutes sortes de semences, engrais, oignons, des fleurs et des pots. Cet homme-là était aussi le propriétaire des hideux silos gris, provocation indécente et verticale, qui ruinaient la porte romane, vestige prestigieux et objet de l'unique carte postale de Saint-Chiron. Au pied du béton, derrière une haie d'un vert bleuâtre et métallique, la demeure du maître étalait sa prétention mi-Toscane, mi-Île de France. L'azur de la piscine crevait d'un rectangle impeccable le velours du gazon. L'emphase du portail Grand Siècle, électrique toutefois, indiquait aux passants qu'il s'agissait bien là du territoire privé d'un homme important.

— Bonsoir, mon colonel. J'espère qu'on ne vous dérange pas…

— Non. Pas du tout. Que me vaut l'honneur ?

— Eh bien… Voilà… je voulais vous parler…

— Entrez, je vous prie.

Il ne vint pas à l'esprit de monsieur de la Rochemineau de proposer un siège et un rafraîchissement. D'ailleurs, il ne buvait que de l'eau du robinet comme Valse-Grise. Quelques bouteilles indéfinies de vins divers croupissaient cependant, oubliées dans la remise parmi les vieux cuirs, des outils, des manches de pioche, des toiles d'araignées et beaucoup de poussière.

— Eh bien voilà… Madame Martrois et moi-même, nous aurions aimé vous inviter à dîner.

En disant cela, le grainetier évaluait, furtif, l'état des lieux. Trouva l'ensemble miséreux mais, finalement, estima qu'il convenait bien à un fonctionnaire en retraite. Et puis, ces gens-là vivent dans un certain ascétisme, la vie intérieure. N'ont que ça à faire : penser.
— Oui, je disais que nous aurions le plaisir à… comprenez-vous, nous vivons comme des sauvages et entre gens… Comment dire ? Entre gens…
— De qualité ?
— Oui ! Oui, c'est ça ! Enfin, si j'ose ! Nous avons beaucoup à nous dire. Je ne dirai pas de mal de nos concitoyens… Enfin, vous comprenez… Ça ne vole pas haut. Échanger des idées, des points de vue, nos expériences, aider le village à sortir de sa torpeur, que sais-je encore ? Un homme tel que vous, mon colonel, a beaucoup à dire et à donner, j'en suis sûr.

Je connaissais bien l'homme. Les scrupules ne l'étouffaient pas. Toujours une idée tordue et d'autant plus juteuse à proposer, qu'il trichait en gros et savait exploiter les paysans. Chaleureux et direct en ferme, il les roulait et eux étaient persuadés qu'ils le roulaient. Chacun y trouvait donc son compte. Les gens matois, finauds et méfiants, se font toujours avoir un jour ou l'autre. Ce qui les rend encore plus méfiants, finauds et matois. On n'en sort pas.

— Et puis... je dois vous l'avouer, ma femme est trop timide pour vous en parler... Voilà... Elle voudrait faire du cheval.

— Monter.

— Pardon ?

— Oui. Monter à cheval. On dit « monter à cheval ». Pas « faire du cheval ». Seuls les bouchers chevalins font du cheval. Saisissez-vous ?

— Oui... Pardon... Donc ma femme voudrait monter à cheval. Si vous étiez d'accord, évidemment, vous pourriez peut-être... Enfin, si vous avez le temps.

— Nous pouvons en parler. Quand voulez-vous ?

— Disons demain soir. Venez dîner à la maison. Nous serions très honorés.

Ainsi commença l'aventure. Monsieur Martrois prit congé. Le colonel l'accompagna à sa voiture. Il eut le bon goût de le féliciter sur celle-ci, masse luisante et argentée sous la lune. Il eut droit, forcément, au descriptif. Ces voitures allemandes « c'était autre chose ». Un investissement important, certes, mais une finition, une fiabilité, un confort... Et puis ces gros diesels assurent une longévité exceptionnelle... Ne coûtent rien en carburant... Quant à la revente... On n'y perd rien, bien au contraire.

Le panzer démarra enfin, laboura le gravier et disparut dans la nuit.

Louis-Marie se soumettait parfois, dans une rêverie vespérale, à l'introspection, analysait son bilan personnel, les pieds en chancelière devant la cheminée. D'une façon générale, les bonnes actions l'emportaient sur celles qui auraient pu prêter à rougir. Il tirait fierté de son attitude, il ne mentait pas. Seul, il était lui-même ; en public, il ne savait qu'opposer à ses contemporains une tenue irréprochable et une courtoisie de bon aloi. L'inopiné de cette visite avait chamboulé l'ordre de ses pensées. Il alla se coucher, mais une sorte de rage intérieure l'empêcha d'abord de s'endormir. L'image de la mère Martrois sur le dos d'un cheval vint ensuite. Elle lui avait laissé l'impression d'une femme plutôt molle, plantée au milieu de ses oignons de tulipe au printemps, de ses pots de chrysanthèmes à l'automne, une boutiquière.

Pouvait-il imposer cela à Valse-Grise ?

Cette brute de Martrois, ce marchand, ce nouveau riche, ce jean-foutre aurait mérité qu'on lui rivât son clou. Il sourit, l'homme s'était montré gêné, intimidé, respectueux. L'autorité courtoise et naturelle du colonel opérait donc sur l'importun.

Son esprit vagabonda quelques heures sous la pâleur violente d'un zigzag que la lune projetait sur le mur de la chambre.

Valse-Grise dort-elle sous cet éclairage ? Il s'endormit sur cette question.

Je pressentais l'intervention de Jean-Pierre Martrois intéressée, la gratuité n'était pas son fort. Je savais que la politique le titillait. À Saint-Chiron, bien entendu, la gauche et la droite, éternel dualisme républicain, gouvernaient les opinions. À ma

gauche, une intelligentsia composée de professeurs en retraite et de quelques artisans. Un communiste plutôt brave au demeurant, distribuait des
tracts les jours de marché avec une obstination
touchante. La minorité huguenote prêchait, elle
aussi, pour le progrès. Ces prétendus radicaux
s'agitaient dans des associations diverses, culturelles ou caritatives, où s'entretenait le ferment de
l'utopie.

À ma droite, le monde paysan, le commerce,
les professions libérales et les bistrots. Pendant du
communiste, également brave et obstiné, un vieux
réactionnaire collait des affiches d'inspiration fasciste lors des élections. Et puis une masse, ventre
mou, composée d'employés, de fonctionnaires et
de chômeurs se laissait porter au gré des saisons et
des humeurs du temps, sans réelle conviction.
Jean-Pierre Martrois, lui, aurait bien chanté le radi-
calisme, au vrai sens du terme, à droite évidemment et Louis-Marie de la Rochemineau, sans autre
option que celle de l'obéissance à Dieu et aux insti-
tutions, votait blanc comme le curé.

Si mes ouailles s'excitaient parfois sous l'empire de la politique ou celui du rugby, elles demeuraient paisibles et plutôt respectueuses des commandements, quel que soit leur bord.

Je me doutais bien que de cette population ne surgirait pas une Thérèse d'Avila ou un François d'Assise, orgueil possible d'un ange ambitieux ; je me contentais de gérer, ou plutôt de canaliser ces âmes rustiques sur l'autoroute de la tranquillité, de les amener jusqu'à la ligne d'arrivée sans trop d'angoisse et ne me souciais pas de leurs opinions, croyances ou « libre-pensée », produit de la fertile imagination humaine : la vie, la mort et l'éternité constituent une trilogie beaucoup trop simple pour la comprenette des brebis raisonneuses ou un tas de sable pour les autruches endormies.

Après avoir franchi le portail et hâté le pas sur le gravier de l'allée, Louis-Marie, dans son costume bleu marine à rayures, exhumé de sa malle pour la circonstance, avait hésité longtemps entre l'emploi du heurtoir et celui de la sonnette. Cette dernière, élue, le surprit par son carillon. Il tressaillit, le chêne massif s'entrebâilla.

Martine Martrois lui ouvrait sa porte.

— Ah ! C'est vous colonel ! Entrez, entrez donc. Mon Dieu, je ne suis pas prête...

— Mes hommages Madame.

Il ne savait trop quoi dire. Elle se chargea de combler, à l'excès, ses lacunes, expliqua en vrac que sa journée avait été épuisante, qu'elle n'avait eu le temps de rien faire, que Jennifer, sa fille, séchait sur ses devoirs devant la télévision, que rien n'était rangé, qu'Audrey, sa femme de ménage, avait choisi ce jour pour tomber malade et qu'elle espérait malgré tout ne pas avoir raté son dîner.

— Je vous en prie, asseyez-vous... Monsieur Martrois ne va pas tarder.

En un tournemain, il fut englouti par un fauteuil trop bas, trop large et trop mou ; un verre énorme en cristal taillé, aux pointes agressives et aux trois-quarts empli de whisky, l'obnubila. « Je vais être blindé comme une division », se dit-il.

Agressé par la tapisserie aux volutes dorées, la chaleur excessive, les odeurs de cuisine, le capiteux parfum de l'hôtesse, celui d'une cigarette qu'il pensa anglaise, il observait le mobilier où le néo-rustique le disputait à l'Henri II, quand une gamine se planta devant lui, fit un signe de tête et disparut.

Il commença, prudent, à siroter l'alcool. Son regard se perdit dans les flammes virevoltantes de la cheminée au granit médiéval.

L'angoisse de ce dîner avait perturbé sa journée. Devait-il porter des fleurs à une femme qui en vend ? Il s'était résigné à venir les mains vides. Valse-Grise aurait-elle préféré sa ration avant ou bien après ? Il n'avait choisi chichement qu'une brassée de foin. Il le regrettait : elle va guetter mon retour, s'impatienter, gratter du pied. Elle a une horloge dans la tête, un réveil dans l'estomac. Louis-Marie se fustigeait en se délectant, il savourait ces minutes de solitude mélancolique proches de l'ennui où l'on se confesse, sans aucun risque, sa paresse ou ses mauvaises pensées. Il était coutumier du fait. Il ferma les yeux.

Finalement, mémère est plutôt accorte, la croupe avenante. Un peu agitée, trop bavarde, voix de crécelle. Mais du jus, crédieu ! La gamine, stupide et prétentieuse… baste, ça les regarde. Il avala une gorgée… Bon Dieu, qu'est-ce que je fiche ici ?

Il en était là quand Jean-Pierre Martrois fit irruption.

Fracassant, débraillé, énorme, il s'affala sur l'autre fauteuil. On ne vit plus que ses genoux d'où émergeait le sommet de son crâne. Il agita son fessier perdu dans les profondeurs du cuir pour tenter de se redresser et lança hardiment la conversation.

— Bonsoir mon colonel. Mettez-vous à l'aise. Quelle journée ! Bon, je ne vais pas vous ennuyer avec mes soucis. Vous allez bien ?

— Oui Monsieur, et vous ?

Jean-Pierre Martrois se servit un vrai scotch, cogna son verre à celui de son invité et la conversation s'engagea autour de cacahuètes amères comme chicotin.

Tout le monde sait qu'à un dîner chez un médecin, on parle immanquablement de ses maux, des maladies de ses proches. Qu'il suffise de la présence d'un mari notoirement infortuné pour qu'une histoire de cocu vienne égayer la fin du repas. Jean-Pierre ne dérogea pas à la règle, il plongea gaiement dans son service militaire. Tire-au-flanc, deuxième latte, troufion de base passé vaguemestre, il sut tirer profit de sa position « tu veux ton courrier ? ». Aux cuisines, il échangeait ses services contre du rab de tout, chez le fourrier, des fringues convenables... Il avait su monter une véritable économie souterraine fondée sur le troc qui lui fit gagner dix kilos en un an ! Quant aux foiridons, aux bordées, aux cuites mémorables, il n'aurait pu les citer toutes.

— Vous allez bien en reprendre un petit, mon colonel. C'est mauvais de repartir sur une jambe !

D'autorité, il reversa une dose de Chivas quand Madame Martrois fit son apparition : rouge cerise, une peau de soie enveloppait ses rondeurs.

— Si ces messieurs veulent bien passer à table...

La bio martroisienne y reprit de plus belle. Au foie gras, Jean-Pierre rachetait pour trois sous la boutique misérable de son oncle sans progéniture. Après les escargots, il avait acquis le grand terrain près de la porte romane. Passé le vol-au-vent, il en était à son troisième camion. Au rôti, le colonel dégrafa discrètement sa ceinture, il sentait la transpiration couler dans son dos. Il redouta le naufrage, lui qui dînait de rien.

Martine Martrois, très affairée, virevoltait de la table à la cuisine, servait, desservait, laissait à chacun de ses passages un effluve de chaleur qui ajoutait à l'effet des vins et à la richesse des mets, une pesanteur excédentaire, l'épaisseur de l'ivresse.

Jean-Pierre Martrois négociait des cargaisons de blé, de maïs, de tourteaux quand arriva la charlotte dégoulinante de crème et de coulis. Louis-Marie la regarda arriver comme un amiral voit filer droit une torpille sur son navire. Par respect de la tradition, on servit le champagne. On prendrait le café au salon.

La dernière cuillerée déglutie et la coupe ingurgitée, le colonel se leva avec dignité, dans l'obsession de tout conserver dans son estomac. La tête vide et le ventre à éclater, il réussit à s'enfouir à nouveau dans un fauteuil. En riant Jean-Pierre lui tendit une tasse et l'on passa aux différents placements financiers. L'immobilier restait tout de même la valeur la plus sûre.

Le colonel rassemblait ses membres pour prendre congé, il fallut boire une « chatouillette », eau de vie « maison » ; l'oncle en avait laissé, il en restait quelques flacons, de la bonne.

Finalement on ne s'était rien dit.

Louis- Marie de la Rochemineau, au prix d'un violent effort, s'extirpa enfin du fauteuil glouton, remercia le plus chaleureusement qu'il put, baisa la main de Martine qui roucoula une fadaise et lui déclara qu'il aurait grand plaisir à l'initier à l'art équestre.

Il sortit dans la nuit.
Élut une haie de sapinettes et y expulsa ses intempérances. L'épigastre soulagé, il reprit sa route : à part quelque chien, il ne risquait pas de croiser grand monde à cette heure-ci, à la sortie de Saint-Chiron.

III

MADAME MARTROIS

Martine naquit et poussa entre les maïs et les canards. Ses parents, fermiers, avaient rêvé d'en faire une institutrice, mais elle se montra rétive et obtuse, en « échec scolaire » dirait-on aujourd'hui.

Aguicheuse, elle sut accrocher Jean-Pierre au bal des pompiers et ne lui accorda, fine mouche, que du superficiel tant qu'il ne fut pas question de mariage. Il avait vingt-cinq ans, elle dix-huit, les affaires prenaient forme, la boutique fleurissait. La noce fut l'inauguration, en grande pompe, de l'entreprise et c'est ainsi que le pot trouva son couvercle, comme on dit par ici. Ils mirent dix ans pour concevoir Jennifer qui arriva en même temps que la magnifique demeure au pied du silo.

Avec le temps, la grande gueule de Jean-Pierre s'amplifia et les formes de Martine devinrent généreuses. L'amour s'était mué en association marchande, en réussite matérielle ostentatoire. En lisant les magazines à la mode, Martine s'interrogeait cependant, elle avait conscience qu'une dimension abstraite lui échappait. Assidûment, elle suivait les feuilletons télévisés et les « reality show » où le merveilleux le disputait à l'abominable, l'amour éthéré à la sexualité la plus débridée, l'élévation de pensée à la perversité jouisseuse. Des fantasmes bousculaient parfois son sommeil quand Jean-Pierre ronflait.

Je la connaissais sage et retenue en dépit d'apparences un rien provocantes, mais son imagination bouillonnait à toute vapeur, le stupre et le romantisme déchiraient tour à tour son esprit quand elle rêvassait derrière son tiroir-caisse en attendant le chaland. Fort heureusement, elle gardait les pieds sur terre et la comptabilité du négoce l'emportait. Les clefs du bonheur ne sont-elles pas la santé et la réussite sociale ? Elle avait donc tout. J'essayais de conforter sa certitude raisonneuse pour lui éviter les débordements regrettables. Une attitude plus religieuse, je savais bien qu'elle n'allait à la messe que pour se faire voir de sa clientèle paysanne, aurait peut-être nourri son esprit, empli le vide de son âme insatisfaite, fait taire l'incitation au désordre. Le fléau de sa balance personnelle penchait trop côté-matière pour que j'aie une chance d'être entendu.

Après avoir refermé la clôture au cul de Valse-Grise, le colonel s'engagea d'un pas gaillard, le cabas à la main, vers Saint-Chiron. La plus élémentaire courtoisie imposait d'aller saluer les gens qui avaient su l'inviter. Il tomba précisément sur Jean-Pierre Martrois.

— Alors, mon colonel, on se promène ?

Louis-Marie répondit un bonjour et balbutia qu'il se proposait d'aller saluer Madame pour la remercier de ce dîner, et, dans le même temps, lui commander de l'avoine.

— Ça tombe bien, la patronne est au magasin.

Il souriait, mais ne paraissait pas avoir l'envie de prolonger. Les affaires probablement. Il prit congé d'une manière stupéfiante, il flatta d'une tape amicale, proche de la bourrade à un copain, le dos du colonel. Ce dernier, interloqué par cette familiarité en pleine rue, s'en alla, perplexe, vers la boutique.

Elle était là, prenait le frais sur le pas, un rayon de soleil donnait un reflet auburn à ses cheveux noirs. Il s'inclina, elle lui tendit une main indécise.

Dans la boutique, il plongea ses mains dans les bacs de céréales, évaluant les orges, maïs et avoine d'un geste connaisseur. Elle regardait ces mains longues, agiles, autoritaires, jouer avec les grains qui coulaient en liquide entre les doigts. Ces mains d'aristocrate, de cavalier, faites pour l'épée, la cravache et la courtoisie.

Il exprima sa satisfaction devant la qualité des produits exposés et d'une fine liaison évoqua ce dîner merveilleux digne d'une grande toque. Il s'enquit du prix de l'avoine, livrée aplatie, ce qui l'amena tout naturellement à Valse-Grise.

— Savez-vous, chère Madame, qu'elle attend avec impatience sa future cavalière ?

Ayant tout dit, il descendit enfin son regard sur la boutiquière.

En blouse grise, souliers plats, sans artifice, elle lui parut pot à tabac, massive, sans taille, culterreuse.

Pour ressortir, il fallait faire le tour, enjamber les pots de fleurs disposés sur le passage avant la caisse. Il traversa le tout tel un héron dans un marais et salua Madame Martrois d'un signe de tête, la gratifia d'un sourire et se sauva guilleret en longues foulées élastiques dans la grand-rue.

Valse-Grise le regarda passer le long du paddock. Il devait bien se passer quelque chose pour
qu'elle consentît à lever le nez de sa pâture. Le
moindre changement d'attitude alerte l'animal et
les concierges, Valse-Grise tenait des deux.

Maurice Boissette rentra dans la boutique.
Martine arrosait ses pots, allait s'activer sur sa ser-
pillère. Heureuse d'apercevoir son cousin. Il venait
l'embrasser à l'occasion, loin du mari. Les deux
hommes ne s'appréciaient guère. Maurice, institu-
teur, en retraite de fraîche date, conseiller municipal, adjoint au maire chargé de l'urbanisme, flan-
drin dégingandé au sourire lointain, promenait sa
silhouette ennuyée par les rues du village, serrant
d'une main molle celle de ses concitoyens.
Quand il ne menait pas cette activité politique, il commettait des aquarelles insipides exposées régulièrement aux manifestations culturelles
de la cité.
Il avait entrepris un sondage auprès des
commerçants à propos d'un vaste projet que le
maire, homme d'opinion, voulait voir aboutir avant
les prochaines élections.

En effet, Saint-Chiron, ville au tracé médié-val, se découpait en rues aux noms surannés. La rue Saint-Jacques où un vestige de coquille trans-paraissait dans la pierre d'une maison décrépite, la Grand-Rue, celle du Commerce, évidemment. Le boulevard des Remparts rappelait que ceux-ci avaient existé jusqu'à Richelieu. La rue Saint-Pierre, celle des Vignes, une autre des Glycines, une place des Platanes, une autre du Lavoir, une des Alouettes, allez savoir pourquoi cette indigence ! Il était plus que temps d'actualiser, de moderniser, de mettre le villageois à l'heure de l'Histoire, la sienne. Il fallait bien reconnaître aussi que Saint-Chiron s'ennuyait ferme sur sa colline !

Des propositions seraient présentées, ap-puyées par l'ensemble du conseil et déjà une forte proportion des électeurs. Il ne s'agissait pas d'imposer mais d'obtenir le consensus dans la transparence et l'esprit démocratique. Une révolu-tion culturelle à moindres frais.

— Tu me comprends ? Tout ça c'est ringard, quoi !

— Oui, oui. Je dois t'avouer que je m'en tape. Le tout est de ne pas choquer les vieux. Je crois que c'est surtout ça…

— Et ton mari ?

— Lui, il sera contre. De toute façon, il est toujours contre. Tu sais bien. Mais vous proposez quoi au juste ?

— Pour l'instant, c'est confidentiel. Un projet… enfin tu vois. On a quelques noms en tête… Tu me jures que tu ne répèteras pas ?

— Pas mon problème ? dis toujours. De toute façon, je ne dois pas être la première… Et puis, si tu sondes, comme tu dis, il faut bien que tu te déculottes.

— Eh bien voilà… le boulevard des Remparts deviendrait… Mais je te rappelle, ce n'est qu'un projet… une première proposition…

— Raconte, raconte !

— Boulevard des Héros de la Résistance.

— La Grand-Rue, rue de la République

— On… on hésite… ou rue des Droits de l'Homme. On envisage aussi de la rendre piétonnière ou semi-piétonnière.

— Vous allez faire crever le commerce, non ?

Maurice ignora la réflexion et continua sur sa lan-
cée. Il ne fallait pas l'interrompre.

— La place des Platanes, place François Mit-
terrand.

— C'est tout ce que vous avez trouvé ?

— Non, non, la liste est complète. Mais encore une fois, nous n'en sommes qu'à l'étude.

— Eh bien, ça promet une jolie fureur de
Jean-Pierre !

— S'il te plaît, ne lui en parle pas…

— Ne t'inquiète pas, je tiens à passer des soirées tranquilles le plus longtemps possible !

Après avoir embrassé Martine, Maurice alla
traîner sa longue carcasse dans la Grand-Rue en se
demandant s'il avait eu raison de lancer ce ballon
d'essai. Il se rassura : si tout le monde s'en fiche, le
projet ne pourra que passer sans vagues. Il avait, à
sa manière, horreur du désordre.

Je m'étais peu intéressé à ce garçon-là. On le
disait brave, un gentil couillon que tout le monde
aimait bien. Sa femme, rencontrée à l'université,
suffragette et progressiste l'avait mené par le bout
du nez. Pas méchante au demeurant. Juste excitée

à propos de tout. Parlait d'abord et réfléchissait ensuite. Leurs deux enfants trottinaient des études artistiques à Bordeaux. On considérait Maurice rêveur, perdu dans ses pensées, il pataugeait dans le néant. Le maire l'envoyait au casse-pipe régulièrement pour sonder l'humeur de l'électorat avant toute décision.

Il faut bien avoir ce genre de missi dominici, ou plutôt thermomètre, pour mesurer l'impact des grandes idées et réformes. J'aurais imaginé volontiers d'autres initiatives ; Par exemple déplacer les conteneurs à ordures, multipliés par le tri sélectif, et la pissotière, accolés au flanc de l'église, sans égard aucun pour la maison du Seigneur et ceux qui la fréquentaient encore.

Mais peut-être le maire avait-il voulu manifester par ces dispositions cet anticléricalisme caractéristique et traditionnel d'un mouvement politique dont il se réclamait, et laisser à la postérité la marque personnelle de son mandat. Ces gens athées m'amusaient beaucoup, avec leur manie de graver dans la pierre, le béton ou le plastique, leur passage. Ils se trompaient d'éternité. Ces petits pharaons se satisfont, en guise de pyramides et d'obélisques, d'une pissotière insolente ou du nom d'une rue.

Veulent-ils ainsi inscrire vraiment leur nom au futur dans le cœur des hommes ?

Martine tempêtait, hurlait autant que sa fille. Un soir de scène conjugale et la réconciliation qui s'en suivit avaient produit cette gamine insupportable. Elle s'en serait volontiers passée. Les premiers mois furent merveilleux, mais peu à peu le monstre avait grandi et ses crocs dévoraient l'entendement. Baptisée Jennifer, à la surprise du curé non encore habitué aux prénoms anglo-saxons qui allaient faire florès, ladite se considéra très tôt comme princesse absolue. On joua d'elle à la patate chaude, au bâton merdeux. On se la refilait au plus tôt entre les grands-parents excédés, Martine à bout, la bonne Audrey exsangue, les maîtresses d'école terrorisées, les psychologues en fuite, Jean-Pierre à ses affaires. Les prémices de l'adolescence n'arrangeaient rien, la situation empirait. Martine avait baissé les bras et laissait faire. Le démon réinventait chaque jour le pire et tuait toute velléité d'amour maternel. Le rêve évanoui d'une vie familiale et harmonieuse ne relevait plus que de l'imagerie magazine et des contes de fées. Son abdication ne lui coûtait plus. Il ne lui restait plus qu'à soutenir le système nerveux d'Audrey, celui des professeurs à l'école et de gaver la panthère de jeux vidéos.

Avec Jean-Pierre, elle partageait les comptes et son penchant pour la bonne chère. On avait la tête près du bonnet chez les Martrois, un foie d'acier et le sens de la propriété. Bien sûr, elle savait que dans le cadre des affaires, son mari conquérant pouvait fréquenter des créatures, il fallait bien évacuer ce trop-plein d'énergie qui caractérise les hommes de sa trempe. Elle n'y voyait pas de danger, il écornait bien un peu le porte-monnaie, certes, mais ces incartades ne mettaient pas l'association en péril. Elle le trouvait parfois excessif, sans gêne et son goût pour les histoires graveleuses heurtait sa féminité ensommeillée. Mais ils avaient construit, ensemble, la maison Martrois et là résidait l'essentiel.

IV

DROITE ET GAUCHE FRÉMISSANT

Éblouissant, magnifique, insolent et tranquille, le soleil somptueux illuminait ce deux décembre.

Le colonel Louis-Marie de la Rochemineau décida de fêter cette apothéose. Il revêtit la tenue noire sur son long caleçon molletonné et le Damart que l'air vif préconisait. Coiffa le képi dépoussiéré et, tapotant d'une cravache allègre ses bottes, s'en alla monter Valse-Grise.

Stupéfaite, elle en serra les dents devant les mors. Tressaillit au sanglage, mais elle admit très tôt que la volonté de l'écuyer n'était pas discutable. « Voilà que ça le reprend » se dit-elle. Pas d'autre solution que la soumission. Elle s'octroya un profond soupir, donna sa bouche et ses reins et attendit les ordres.

Il la longea d'abord un bon quart d'heure. Puis, délicat, se mit en selle, léger comme une ballerine. Cet homme sec, raide et gauche, devenait, à cheval, l'élégance suprême. Le vieux bois retrouvait sa souplesse du rameau bourgeonnant et Valse-Grise, la fierté. Vibrante et attentive, elle accorda le meilleur de ce qu'elle savait toujours, à sa grande surprise. Ils évoluaient en grâce tous les deux dans la lumière, ne faisant qu'un à l'exercice, en parfaite harmonie, dans l'équilibre, nonobstant l'herbe glissante du paddock.

Un klaxon rompit le charme. C'en était fini. La limousine verte du grainetier occupait le terrain. Monsieur et Madame Martrois appuyés contre une aile regardaient, voyeurs impudents et impressionnés, cet acte d'amour au soleil.

Martine avait même sorti de son sac, un appareil photo et prit quelques clichés de la scène.

Il mit pied-à-terre, déshabilla la jument qui partit en ruades dans l'herbe récupérée et, la selle sous le bras, vint saluer les importuns.

Ceux-ci, par ce beau temps, avaient décidé d'aller visiter leur nouvel ami, faire la connaissance de la jument, voir l'installation. Louis-Marie leur fit les honneurs et, son agacement évanoui, proposa une tasse de café.

La modestie de la demeure s'était effacée derrière la stature de l'écuyer.

Le colonel retrouva une faconde oubliée. Sous l'empire d'une excitation subite, il parla de projets qui ne l'avaient jamais effleuré : construire une écurie, installer une carrière, pourquoi pas un manège… penser à la succession de Valse-Grise, instruire de jeunes chevaux, dégrossir des cavaliers. Les Martrois essuyèrent, ébahis, cette giboulée émaillée d'anecdotes et de ces expressions un peu crues qu'affectionne l'homme de cheval.

Après avoir siroté avec précaution le café réchauffé, Jean-Pierre profita d'une accalmie pour exprimer sa satisfaction, il appréciait l'optimisme de son ami. D'autant que lui aussi voulait l'informer d'un projet.

— Autant vous l'avouer de suite, j'ai bien réfléchi : je vais me présenter aux élections.

— Ah ! Nous avons donc des élections bientôt ?

— En avril, et ce n'est pas un poisson d'avril ! Nous en avons tous marre, mon colonel, de la clique socialiste qui mène la commune depuis des lunes. Il faut chasser la chienlit ! Le temps de ces salopards est compté. Les fonctionnaires en retraite, ouste ! À la maison du même nom. Excusez-moi, je ne parlais pas de vous, vous avez compris. Je parle de ces profiteurs, ces donneurs de leçons qui se régalent, se gavent et ne font rien d'autre que plastronner. Vous me suivez ? Ces imbéciles qui ruinent le village et le négoce, qui n'ont aucune idée pour nous sortir de ce marasme. Savez-vous combien de commerces ont fermé ces dernières années ?

— ...

Le monologue avait déjà changé de camp. Jean-Pierre déchaîné, testait son talent de tribun. Martine regardait ses chaussures. Louis-Marie, interloqué, non concerné, ignorant tout de la vie politique, écouta comme un touriste japonais, médusé par les explications d'un guide égyptien devant les hiéroglyphes, peut l'être. Ainsi nous étions administrés par des gredins ! Les copains d'abord ! Les prébendes, les profits, les passe-droits, les subventions, ils se partageaient tout. Il fallait rénover, innover, investir, recréer un monde autour de vraies valeurs civiques.

— Ces valeurs que nous partageons, mon colonel.

C'était la chute. Réunir les hommes autour de vraies valeurs. Du courage et de la volonté. Des mains propres pour s'atteler à la tâche. Foin des discours, des décisions et de l'action. Établir une liste et, ensuite au charbon !

— Oh, Nous avons encore le temps mais il ne faut pas s'endormir. Je ne veux pas vous mettre le couteau sous la gorge mais si vous pouviez réfléchir et prendre, vous aussi, une décision… Bon, tu viens Martine. Merci pour le café, mon colonel, et à bientôt. On en reparlera.

Avant de s'engouffrer dans la voiture, Martine promit, si cela ne dérangeait en rien, de venir saluer Valse-Grise le lendemain matin.

Il les regarda partir et, d'un coup, Louis-Marie trouva la vie compliquée.

Je ne pense pas à suivre tout le monde tout le temps. J'avais subodoré que Jean-Pierre préparait un coup, mais comme au colonel, les élections avaient échappé à ma vigilance. Nous allions donc à nouveau connaître une période d'excitation, traverser les Rugissants, souffrir le déchirement villageois, la droite et la gauche. Ces braves gens qui vivaient ensemble, en bonne intelligence le reste du temps, pouvaient se métamorphoser en bêtes féroces au bénéfice de quelques ambitieux. Oh ! Ils

n'iront pas jusqu'à s'entretuer, les invectives suffi-
ront à bouleverser, pendant quelques semaines, le
cours dérisoire des existences. Purge salutaire et
républicaine sans doute, où l'on peut tout dire et
se défouler, où le pauvre électeur de base voit to-
quer à sa porte un notable inquiet, où les candidats
ont soudain le besoin irrépressible d'aller faire leurs
courses au marché comme n'importe quelle mère
de famille...

Les grands sujets nationaux ne remueront pas
les âmes. On vote pour les enfants du pays qui seront, on l'espère, les plus aptes à rendre des services, trouver un emploi à la mairie, obtenir un
marché, une subvention, faire goudronner son
chemin aux frais de la princesse. Du terre-à-terre.
Du solide. Du concret. Bien sûr les orateurs déve-
lopperont, en toile de fond, pour le décor, les mes-
sages des partis qui les soutiennent, mais sans for-
cer. Juste pour rappeler qu'ils ont des amis haut
placés. Le trou de la Sécu ? Le quart des employés
ici est en congés maladie, par roulement. Les
trente-cinq heures ? Presque tout le monde arron-
dit ses revenus au noir. La combine et le troc assurent une économie parallèle. En revanche on pour-

ra s'étaler sur l'intégration des immigrés, les positions européennes, le port du voile, les droits de l'Homme, la couche d'ozone, la réforme des retraites et la défense du service public sans coup férir. Le local est à des années-lumière des métropoles agitées, ce qui ne l'empêche pas d'exprimer des opinions passagères à l'occasion, justement, des périodes électorales, rideau de fumée pour dissimuler pudiquement la modicité de ses espérances. L'idéal au ras des pâquerettes. Sauf pour les deux australopithèques, le communiste et le fasciste, encore en bon état de conservation, pour lesquels, ces épisodes bavards représentaient le bain de jouvence nécessaire à leur survie. Ils allaient coller frénétiquement leurs affiches et décoller celles de l'adversaire, tenter d'attiser les cendres refroidies de leurs révolutions respectives.

Nom de Dieu ! Il était dix heures, des oiseaux piaillaient se trompant de printemps. Valse-Grise devait tambouriner la porte de son box. Il se leva d'un bond. Rattraper le temps perdu.

Rien n'allait, voilà qu'il ne se réveillait plus ! Une certaine langueur, oui c'est cela, une certaine langueur semblait l'habiter. Le temps filait sa confusion et ses paresses. Qu'il eût été travailleur acharné, non ; les activités de la vie militaire l'avaient occupé, celles de cavalier, passionné. Soudain les rails de sa voie personnelle divergeaient, entraînant l'angoisse de pensées inconnues.

L'esprit flou, mais les mollets bien serrés dans ses bottes, il courut au foin, à la paille. Valse-Grise le couva d'un regard tendre et compréhensif, d'un hennissement de basse frémissante le remercia du picotin, tendant sa croupe à l'étrille vigoureuse, au bouchon déjà plus aimable, à la brosse douce caressante. Il lui administra sa toilette complète jusqu'à l'éponge délicate sur les muqueuses et l'entre-fesses, arrangea les crins, cura et graissa les pieds, enfin prit plaisir à respirer sa bonne odeur chaude de jument confiante mêlée à celles des fourrages et des onguents.

Un vol frénétique d'étourneaux attardés froissa la tranquillité de l'instant. Louis-Marie s'arracha au box. À l'ombre effilochée du chêne de l'entrée, une petite auto rouge. Une portière s'ouvrit, Martine.

Il ne pouvait s'agir d'équitation, Valse-Grise pouvait mâchouiller son foin en toute quiétude, madame avait revêtu ses atours bourgeois. Tailleur strict dont la jupe serrée l'obligeait aux petits pas sur des talons effilés qu'elle tentait de préserver du gravier perfide. La ceinture très serrée accentuait le mouvement précautionneux de ses hanches, le col généreusement ouvert laissait imaginer que cette élégance matinale nécessitait une libre circulation de l'air.

Louis-Marie se précipita, navré de ses mains sales, de sa vareuse poussiéreuse, de l'odeur imprégnée.

— Colonel, soyez gentil, aidez-moi !

Il lui montra ses mains. Elle s'accrocha à son bras. Ainsi, l'un soutenant l'autre, ils se dirigèrent vers le box où le sol se montrait plus stable pour des aiguilles.

De la naissance des seins entrevus, s'échappait un parfum de chaleur ambrée, de tubéreuse aussi, peut-être. Enfin, cela montait à la tête et donnait l'envie d'en caresser la source, ces rondeurs à l'italienne que l'on devinait arrimées de soieries mystérieuses recélant tous les sucs de la féminité.

Elle lui parlait. Sans l'écouter, il l'entraîna chez Valse-Grise. Il fit la présentation. Elle était fille du modeste Topinambour et d'Obsidienne par Ali Baba qui avait eu son heure de gloire, jadis, à Aix-La-Chapelle ; on retrouvait d'ailleurs chez elle la même robe que son illustre grand-père, alors que son père alezan et sa mère baie cerise ne laissaient pas augurer d'un gris truité. Il avait débité tout cela, le regard sur le flanc de la jument et sa main sur la croupe. Il y eut un silence. Il se tourna. Martine pleurait. Statufiée, elle le regardait. Les larmes barbouillaient ses yeux ; l'une d'elles avait roulé sur sa joue. Supplique muette qui le bouleversa. Interdit, les bras ballants, le cœur en saccades, il sentit qu'une sorte de tremblement sourdait dans ses reins.

Le sanglot éclata enfin. Elle se jeta contre sa poitrine et l'étreignit. Valse-Grise éternua, sembla marmonner de l'ennui et retourna chercher au fond de sa mangeoire un hypothétique brin de foin oublié.

— Je suis malheureuse, je n'en peux plus !

Elle hoquetait, le serrait contre elle davantage encore.

— Ma… madame… Martine… je vous en prie, ressaisissez-vous…

Cette chair écrasée contre lui, les seins, le ventre, les cuisses, la palpitation élastique secouée de sanglots, eurent raison de sa réserve. Il l'enlaça.

Elle leva son regard cherchant le sien. Tourneboulé par le maquillage naufragé, les lèvres tremblantes et ces doigts agrippés à ses omoplates, il posa un baiser sur le front de Martine, juste à la lisière de ses cheveux. Ce geste le rassura. Il se sentit d'une virilité toute paternelle qui déterminait clairement les positions.

— Mon enfant… mon enfant, calmez-vous, je vous en prie.

Elle s'écarta violemment.

— Tu n'as rien compris !

Elle partit en courant. Il entendit la portière claquer, le moteur hurler sa rage. Il s'appuya contre le mur. Quelle aventure !

Faute d'inattention. Décidément j'accumulais les bévues depuis quelques temps. Choquée, Martine avait eu une sorte de réaction violente, un appel du fond de son être, un déclic. Elle avait vu soudain son Jean-Pierre tel qu'il était. Un rustaud vénal, une brute, un être indélicat et vulgaire. Remontèrent dans ses nuits blanches des images de beuveries, celles de pécores qu'il renversait dans les cours de ferme, ses retours débraillés, ses amitiés bistrotières. En contrepoint, se révélait un homme fier, droit, en acier trempé. Un homme courtois aux élégances raffinées. Un aristocrate.

Dieu sait si j'en ai vu ! Et je ne m'étais pas douté qu'une Martine, également vénale et j'-menfoutiste des autres, soit attirée par comparaison, soit aimantée par une silhouette. Je savais qu'au fond, comme la plupart des femmes, ses tripes s'ensommeillaient ; en général ces dames se satisfont peu à peu du quotidien, les enfants grandissent, la ménopause survient, l'âge d'être grand-mère arrive et la fin de vie se contente de petites joies, celles-ci s'amenuisant avec la réduction du temps. Les mœurs avaient-elles changé à mon insu ?

Et puis un quart de siècle la séparait du colonel. Lui vivait chichement, elle nageait dans l'opulence. Il était pudibond, elle se révélait sensuelle. Son ventre de femelle réclamait quand, lui, avait effacé toute velléité. Je l'entendis se répéter au fond du lit : « je l'aurai, je l'aurai, je l'aurai » comme on compte, dit-on, les moutons pour s'endormir.

Lui n'allait guère mieux. Dans un genre différent.

Comme tout homme raisonnable et bien élevé, il n'avait d'abord éprouvé dans cette relation, ô combien sidérante, qu'une émotion paternelle, protectrice et rassurante en phase avec le crépuscule de sa vie. Mais je pressentais que l'animal allait bientôt reverdir. J'observais avec inquiétude dans sa pensée, les remuements de son âme, les angoisses nocturnes et celles du lendemain.

V

OREMUS ET CHATOUILLETTE

Maurice Boissette, en pré-campagne pour son maître, continuait sa tournée. C'était la méthode. Envoyer d'abord les seconds couteaux sonder la population, en prenant, un par un, les citoyens. Monsieur le maire ne rentrerait en scène qu'à partir du moment où ses hérauts seraient épuisés d'avoir soufflé dans les trompettes de sa renommée. Il ménageait sa personne et ses effets. Donc Maurice marchait, allait d'un bon pas d'estafette porter le message au colonel.

Les deux hommes ne se connaissaient pas, l'un grenouillait dans la cité, l'autre s'était écarté de la vie sociale. Maurice ressentait le besoin de serrer des mains, de parler, de se montrer pour exister, l'autre ne pouvait partager ses manies, ses habitudes et ses silences sans ressentir une gêne qui aurait corseté son rêve. Le progressiste militant déclaré, ne respirait qu'à l'ombre de la mairie, dans le sillage d'une idéologie quelque peu floue, mais serinée avec ardeur lors des manifestations, alors que l'ancien militaire n'avait besoin de personne, sinon Dieu et Valse-Grise pour goûter la liberté hors de tout prosélytisme.

Louis-Marie se mit en cuisine. Une envie soudaine d'un vrai repas. S'occuper les mains autorisait une pensée plus sereine, écartait le trouble qu'entretenaient ces images obsédantes de Martine, ces images qui surgissaient, incontrôlables. Ce ventre sanglotant contre le sien, ce regard noyé, ces mains agrippées, ce parfum et ce violent tutoiement final cascadaient dans sa tête. Les sous-lieutenants de jadis infusaient du sang neuf à la bourgeoisie provinciale. Il était colonel en retraite et, de nos jours, le militaire ne fascine plus les jeunes femmes. Alors ? L'angoisse de revoir, forcément, Martine s'était insinuée. Et monsieur Martrois ?

Il se mit à table. Se souvint du papier remis par Maurice. Il s'agissait bien d'une invitation. La municipalité organisait un « couscous citoyen » autour du maire. Le député sera là et l'on débattra. L'association « couscous » et « citoyen » le surprit, mais à la réflexion, cela pouvait signifier tout simplement que seuls, les habitants de la cité seraient conviés. Une nouvelle expression construite sur du vieux, se dit-il. On n'invente jamais rien. Quant au débat, on n'en indiquait pas l'objet. L'essentiel était de débattre.

Pour faire bonne mesure, ce vingt décembre à la salle des fêtes, en sus du couscous citoyen, le père Noël distribuera des jouets aux enfants, on sablera le champagne pour les vœux de bonne année. Un esprit chagrin aurait pu alléguer que le choix des mets maghrébins, voire musulmans, constituait une provocation à l'encontre de la tradition chrétienne. Il n'en était rien. Noël, aux yeux des édiles, bouclait l'année civile en fanfare et le couscous présentait le meilleur rapport qualité-prix proposé par le traiteur dont l'épouse siégeait, en tant que représentante des commerçants, au conseil municipal.

Tous ces événements troublaient l'eau tranquille de son cours personnel. Certaines heures, il s'en réjouissait, un embryon de vie sociale se dessinait, on le considérait, il existait aux yeux des Chironnais. D'autres, il ronchonnait contre ces incursions, ces ingérences saugrenues qui ne présageaient qu'une mélasse d'emmerdements. La vie sociale implique la discussion, il en avait horreur.

Les gens ont un avis sur tout, il se gardait bien, en son for intérieur, d'en avoir le moindre. Et si jamais une opinion semblait vouloir germer, il tentait de l'étouffer dans ses limbes, ou dans l'impossible, la laissait s'y noyer doucement dans le temps. Non pas qu'il fût égoïste et renfermé, il n'aspirait qu'à la paix. S'écarter du monde pour vivre en paix, et voilà que tout le monde venait le débusquer dans sa tanière, l'assommer de ses fureurs, de ses cris et ses pleurs. En tout cas, sa confusion. Et l'on sait combien celle-ci est contagieuse. Elle peut ébranler l'âme la plus affermie.

Mais, d'un autre côté, il arrivait que les journées, les soirées surtout, fussent bien longues. La fière indépendance devenait solitude. Le bonheur de respirer se muait en mortel ennui. Il aurait dû prier Dieu dans ces moments de désespérance, s'agenouiller dans sa chambre devant le crucifix, hélas sa foi ne relevait que de l'éducation reçue, pas de la grâce. Le Seigneur fait le tri et choisit ses élus, honore la persévérance, pas l'habitude.

Mon colonel était bien seul.

Jean-Pierre explosa. Proche du coup de sang. Martine venait de lui remettre l'invitation au « couscous citoyen ».

— Pour qui se prend-il ce con ? Il nous la joue père Noël et va annoncer la couleur ! Et les petits cadeaux, et les ronds de jambe ! Son baratin sur l'œuvre sociale, la crèche, ça tombe bien c'est Noël ! Un coup de violon sur les vieux et pour finir, les médailles ! Musique et couscous ! Citoyens, mon cul ! Les promesses et je t'envoie les élections ! Les subventions arrivent, la députaille va certifier, on va investir, on va embaucher et ça ne coûtera rien. On connaît. Fumiste ! Ah, j'oubliais le culturel ! La piscine, le stade, les associations bidon. On va avoir droit à tout et tout est prévu. Avant c'était l'arbre de Noël de la mairie, maintenant c'est « le couscous citoyen » ! On croit rêver... et la messe de minuit ? Citoyenne aussi ? On remplace l'hostie par une merguez, le *Minuit, Chrétiens !* par l'Internationale, et roule ma poule, la farce est jouée ! La députasse fera le kéké, agitera ses plumes, se gavera de la soupe que l'autre lui aura servie. L'enfant du pays, l'homme de conviction, celui de tous les combats, l'ardent défenseur des Droits de l'Homme, son ami. J'entends ça d'ici,

Martine, je les entends ! Je connais par cœur leurs discours.

Le député- maire de Villefranche, avait été parachuté de la capitale lors d'une vague rose consécutive à une dissolution de la Chambre. On s'était habitué à ses manières de dandy, au raffinement de sa mise bien qu'il ne portât jamais de cravate dans sa circonscription, à sa parole d'une courtoisie extrême. Il revendiquait son homosexualité ce qui lui valait de paraître parfois dans les magazines en compagnie d'artistes de tout poil et d'intellectuels bon teint. Le local y voyait là, non sans une pointe d'amusement, une façon de promouvoir sa région, terroir et foie gras. Rarement présent, on aimait le considérer tel un ambassadeur dans les sphères du pouvoir. D'ailleurs il ne manquait jamais, lors des interviews parisiennes d'évoquer avec émotion ses concitoyens, la douceur du climat et la richesse humaine du Villefranchois. Cela faisait bien plaisir, surtout vu à la télé.

La liste de Jean-Pierre n'avançait guère. Chacun se défilait. Les encouragements, seuls, ne pouvaient emplir sa besace. On l'aimait bien, on voterait pour lui, mais le temps manquait, trop de travail, un état de santé déficient, des aménagements à réaliser dans la ferme… Les excuses fleurissaient, subitement au zinc du Café de la Poste dès qu'il parlait d'engagement. Pas faute d'insister. Mais à l'heure de l'apéro, l'électeur n'entendait rester qu'électeur, versatile, critique et confidentiel.

Les défections successives aigrissaient son humeur, ses employés, ingrats, fuyaient à son approche, Martine se taisait. La politique ne puisait ses acteurs que chez les fonctionnaires et les retraités. Il se rendit à l'évidence, le chemin emprunté le fourvoyait. Les actifs, les hommes responsables, déclinant toute implication dans la chose publique, il fallait chercher ailleurs, mais où ?

L'idée lui vint à la chatouillette du soir.

— Martine, on va réinviter le colonel ! Mais tu feras simple, on a à travailler !

La visite en coup de vent de Monsieur Martrois surprit Louis-Marie en plein ménage. Une frénésie de frottin, l'envie subite de changer de peau. Virer les impedimenta, garder l'essentiel. Repeindre les murs et tout chambouler pour le printemps prochain. Brûler le passé, les vieux papiers, l'obsolète. Table rase et renaître dans l'immaculé.

Martine troublait les heures d'inactivité. L'agitation empêchait de penser. La plongée, suivie de leur destruction, dans les documents d'autrefois, les souvenirs, les journaux entassés, le volumineux « courrier des anciens » jamais décacheté provoquait une excitation salutaire, un grand nettoyage, l'asepsie de son esprit que Valse-Grise, liée à l'instant d'égarement ne pouvait lui donner.

Le monde avait frappé à sa porte. Il fallait bien accepter de s'y retremper.

Ce dimanche-là il irait à la messe, à la sortie de l'église, il achèterait un gâteau pour ne pas arriver les mains vides chez les Martrois. Il ne fréquentait plus guère l'église. L'abandon du latin avait tué quelque chose dans sa religiosité, espacé ses dévotions. Dieu l'accompagnait toujours, mais il en avait écarté les représentants. Voué à Saint Louis et à Notre-Dame il n'omettait pas, lors de l'office, de leur adresser sa supplique « Ora pro nobis » ; la version moderne lui paraissant de l'effronterie, une indignité, une familiarité visant à saper le mystère. Ainsi, dans le domaine séculier, avait-il également été choqué de voir des professeurs sans costume, ni cravate, parfois vêtus en traîne-savates, barbus et chevelus, qui étalaient sans vergogne ces revendications dont la presse faisait ses choux gras par intermittence. La société avait été atteinte en profondeur, dans ses plus nobles organes, par ces maux pernicieux, générant la facilité, le laisser-aller, le débraillé, l'abandon progressif des valeurs fondamentales et son corollaire, le merdier ! S'il allait encore parfois à la messe, pour les fêtes carillonnées, il ne risquait plus de retourner à l'école.

Alors pourquoi s'en préoccuper ?

Martine l'accueillit. Silencieuse. On évita la séance des fauteuils et du whisky. Les coudes sur la table et tout de suite. Jennifer, punie dans sa chambre devait réviser son histoire, boudait devant les pharaons et les pyramides en s'en moquant comme de sa première Pampers, elle aurait tôt ou tard le dernier mot, de toute façon.

Grave, Jean-Pierre se confia sans attendre. Il ne savait que faire. Il quémandait le conseil de l'expérience, du meneur d'homme, du chef. Calme, posé, attentif, l'heure de l'emportement épuisée venait celle du froid réalisme, fondée sur l'analyse et la réflexion que la stratégie exigeait.

Le colonel observa d'abord un long silence, se délectant de carottes râpées. Il les adorait, comme Valse-Grise s'en régalait, entières si possible avec les fanes. Il se lança, sous le regard qui lui sembla suppliant de Martine et qui ne le quittait pas et devant celui de Jean-Pierre, le plus souvent baissé tel celui du bon élève.

— Voyez-vous, je crois que vous vous êtes lancé trop tôt et sans préparation. Vous me faites penser à ces chevaliers de Crécy et d'Azincourt qui pensaient que bravoure gagnait bataille. Ils furent fichés par les traits des archers, comme des hannetons sur une planche. L'ennemi est embusqué dans sa place forte et vous n'avez pas d'artilleries. Vous courez au désastre. Monsieur Guderian et ses panzers ont foncé dans les portes que nous lui avions laissées malencontreusement ouvertes. Devant vous, la muraille se dresse et vous n'avez que vos mains. Si vous voulez avancer, négociez. Votre heure est celle de la diplomatie, pas de l'attaque. En tout cas pas frontale.

— Attendez, je ne comprends pas du tout. Que voulez-vous dire au juste ?

— Insinuez-vous dans le discours politique, fréquentez vos adversaires de demain tout en vous démarquant devant des témoins. Dans le village, les gens causent, laissez-les faire. Vous en aurez l'écho que vous saurez exploiter. Visez loin, pas tout de suite.

Une certaine hypocrisie entachait le conseil.

Louis-Marie n'avait aucune envie de s'engager. Le temps gagné permettait de réserver sa réponse. On passa aux endives jambonnées nageant dans la béchamel. Jean-Pierre réfléchissait. Le regard de Martine ne quittait pas le visage de Louis-Marie attentif à ne pas tacher sa cravate. Jennifer fit diversion.

— J'en ai marre des pharaons !

— Oui, ma chérie, tu as bien travaillé, tu peux allumer la télé.

La politique en resta là. On convint, finalement, d'aller au couscous citoyen, Jean-Pierre proposa qu'on s'y mette à la même table avec quelques affidés. On passa au gâteau, tarte molle et sans saveur du boulanger et aux banalités.

Sur le départ la main de Martine se fit insis-
tante dans celle de Louis-Marie. Il crut entendre
dans un souffle « je viendrai demain ». Il se sentit
rougir et s'enfuit d'un bon pas. Valse-Grise languis-
sait.

VI

ÉROS ET COUSCOUS

Ce lundi matin, Louis-Marie se leva encore plus tôt. Sa frénésie de nettoyage le possédait toujours, il attaqua l'étage, sa cambuse, ses malles, ses vêtements épars. Et des cartons entassés là, coffres des souvenirs jamais ouverts. À quoi bon conjuguer le passé sans postérité ? Eut-il eu des petits-enfants, ces lambeaux d'un autre siècle ne les auraient guère intéressés. Ces photos d'une famille disparue, ses diplômes, ses décorations, ses beaux livres rouges de remise des prix, des plaques et flots rappelant qu'il avait été écolier, militaire et cavalier. Tout cela n'évoquait, ne symbolisait plus rien. Il s'attarda sur quelques visages, des sourires féminins, des groupes, des chevaux, incapable de donner des noms à ces morts. Seul le portrait de sa mère conservait sa fraîcheur. Il prépara un feu d'adieux et des sacs poubelles. Brûler, anéantir les fantômes, effacer les illusions. Place nette. Des cendres, renaître. Peut-être. L'amertume, mêlée d'un étrange plaisir destructeur, la hargne, accompagnée d'une mélancolie sournoise, l'habitait. *Non, rien de rien, je ne regrette rien*, cette chanson d'Édith Piaf vint naturellement fredonner à ses lèvres. « Je me fous du passé... ». Ces photos et ces lettres se tordant, grésillant dans la purification, flagellaient exquisément sa mémoire, excitaient sa rage exterminatrice.

Une main sur son épaule stoppa net sa furie. Martine !

Face à face, mêlant leurs souffles soudain accélérés, leurs visages tendus et graves, l'échine frissonnante, ils sentirent monter la fringale qui foudroie l'esprit, brûle toute raison et mène à l'inéluctable extravagance. Viol des bouches, bras crispés des naufragés, mains folles dans la chaleur, soudées, ils s'effondrèrent au cœur des souvenirs, devant l'enfer, dans le saccage des cartons éventrés.

Dans l'instant, l'incendie atteignit son paroxysme ; Puis ils restèrent flanqués, là, saouls et abrutis, chacun attendant que l'autre veuille bien rompre le silence.

Cette phase de post-coitum que j'avais souvent observée était rarement bavarde. D'ordinaire, c'était la femme qui, la première, manifestait.

Bingo ! Martine éclata de rire et réfugia l'inextinguible contre la poitrine de Louis-Marie.

Un rire franc, le rire d'une collégienne facétieuse.

On ne résiste pas longtemps à l'hilarité, ils riaient tous deux encore en se relevant, il fallait bien renfiler culottes et réajuster les tenues quelque peu déboussolées.

Elle avisa les papiers et photos éparpillés, s'accroupit, voulut tout savoir.

— C'était qui ? Et là, c'est toi ? Dis-donc elle n'a pas l'air commode la dame-là ! Et puis ça, là, ce diplôme. Une décoration ! Tu ne devrais pas tout jeter ! Et là, sur le cheval qui saute, c'est toi ?

Elle n'arrêtait pas. Il l'observait, amusé.

L'indiscrétion ne le choquait pas, il mettait au feu les vieilles pièces de l'inventaire. Soudain, elle tomba en arrêt sur un rouleau d'épais papier qu'elle étala sur le sol. Les armoiries de la Rochemineau ! Gironné de gueules et d'azur surchargé d'une traversée de trois coquilles d'or brochant, l'écu impressionna la belle. Elle se jeta au cou du colonel.

— Tu me le donnes, dis ! Tu vas pas le brûler ? Donne-le-moi, s'il te plaît, donne-le-moi.

La supplique ponctuée de bécots mouillés fut satis-
faite.

— Ah ! Tu as vu l'heure ? Il est midi ! Faut que
je file. Excuse-moi. Dès que je peux, je reviens ! De
toute façon on se voit samedi. Tu vas me manquer !
Elle était déjà dans sa voiture.

Les chevaux ont l'âme simple et droite des
bons serviteurs. Valse-Grise observait de son paddock ces va-et-vient, perturbée. Cette longue fumée noire échappée dans le ciel l'avait intriguée et
puis Louis-Marie ne lui parlait plus. Il respectait les
horaires, assurait les soins, en silence. Son coup de
brosse était absent, accoutumé, sans chaleur. Il se
passait quelque chose. Elle le crut malade, s'en
alarma. Que va-t-il advenir de moi, se disait-elle,
au cas où ? Les terriens paraphrasent toujours la
mort, celle-ci omniprésente, rarement citée autre-
ment que par allusions et sous-entendus, s'exprime
en termes d'inquiétude pour soi-même. Elle pré-
sente un champ sémantique et rhétorique infini,
même pour les juments. Peur de l'inconnu ? Alors
que dans d'autres domaines, touchant directement
à la vie, il est vrai, l'impudicité, la crudité et le cy-
nisme font étalage.

Louis-Marie ne savait plus. Le passé consumé, le présent le consommait. Ce dernier coup de folie l'avait laissé sans forces. Anéanti. Il prolongea ses siestes jusqu'à la nuit. Il naviguait en eaux troubles, jusqu'au sommeil, c'est-à-dire fort tard. Une bouteille de gnôle exhumée de son fatras lors de l'opération place nette, lui tenait compagnie. Ce dérèglement compliquait ma vigilance. Il semblait attendre quelque chose, mais quoi ?

La salle des fêtes de Saint-Chiron ressemble à toutes les salles des fêtes. Platitude de l'architecture, murs gris, froideur des matériaux et résonance insupportable. Ça protège des intempéries, c'est déjà beaucoup, faut voir. On dit que c'est convivial. Il y a des toilettes propres désinfectées. Une estrade pour orchestre, un micro pour les artistes, les animateurs ou les notables, c'est selon. De grands caissons, la sonorisation. Bref, tout pour recevoir le citoyen, quel que soit l'événement, noces et banquets ; don du sang, bal du quatorze juillet et réunions électorales.

Le colonel arriva à dix-neuf heures précises comme indiqué sur l'invitation. Donc en avance. On finissait de dresser les tables disposées en deux épis parallèles. Dans le hall d'accueil, Maurice finissait d'accrocher ses œuvres, hortensias dans un arrosoir, roue de charrette contre un mur, brouette fleurie devant un puits, de délicieux pots de géraniums. Il avait l'aquarelle horticole. Au milieu, le sapin enguirlandé clignotait.

Le colonel félicita Maurice et attendit.

Les familles arrivaient, endimanchées, un brin guindées. Un comité les attendait, canalisait, plaçait. Le colonel, figé à l'entrée, fut surpris qu'on le saluât, il ne connaissait personne, mais à l'évidence, on le connaissait. Enfin, les Martrois ! Ou plutôt une escouade menée par un Jean-Pierre rouge d'excitation. Il présenta son ami en insistant bien sur le grade et la particule, Louis-Marie serra ces mains respectueuses. Martine se contenta d'un sourire. Et on s'installa sur une aile ni trop près ni trop loin d'une table du centre, réservée aux édiles. On distribua des gobelets de kir dans le brouhaha.

Son entrée fut fracassante. Le maire, petit bonhomme cramoisi fonça dans l'arène avec sa suite et se mit à serrer les mains, taper dans les dos avec force éclats. Il monta sur l'estrade, excusa le retard du député retenu chez le préfet, remercia les bénévoles auxquels on devait la soirée et souhaita le bon appétit. Le couscous citoyen pouvait commencer.

Louis-Marie sentit rapidement que les maladresses du genou de Martine n'étaient pas fortuites. Ses commensaux, paysans d'un autre âge et employés de l'entreprise ne quittaient pas Jean-Pierre des yeux, il présidait, animait sa tablée en racontant les dernières. On s'esclaffait. Le jeu semblait consister à faire plus de bruit que les autres, plus que celui du musette qu'un accordéoniste dispensait de table en table dans le vibrionnement du service.

D'un coup d'œil, on pouvait peser la table d'honneur. Cela sentait fort la fonction publique et l'Éducation nationale. On reconnaît, on renifle l'enseignant à vingt mètres. Difficile de dire pourquoi, cela relève d'un ensemble. La tenue vestimentaire, mi-Leclerc, mi-CAMIF, se veut décontractée, étudiante encore, parfois agrémentée d'un pull-over tricoté par maman. L'attitude s'essaie sympathique, mais on ressent une sorte de morgue, une affectation d'être supérieur sous l'apparente simplicité. Ces gens-là ont conscience de tenir dans leurs mains l'avenir de la France et sont donc pétris de certitudes. Pour l'instant, ils avaient plutôt l'air de manier la brosse à reluire sur les épaules de Monsieur le maire.

Le député, tiré à quatre épingles, cachemire et négligente pochette Hermès, fit une entrée discrète et vint s'asseoir parmi ses fidèles.

Le côté citoyen du couscous pouvait commencer.

Ce fut un duo sur l'estrade. De concert, le député et le maire se félicitèrent du travail accompli. Jean-Pierre avait vu juste, les thèmes développés furent sans surprise. En final, le député, de phrases allant crescendo pour susciter les applaudissements, rappela les prochaines élections. Il exhorta Monsieur le maire à se représenter. On ne change pas une équipe qui gagne ! Ovation.

Questions ? Il n'y avait pas de question. Une femme se leva néanmoins :

— Alors, Jules, tu te représentes, oui ou zut ?

Re-ovation. Le maire prit le micro à deux mains, tel un crooner qui attendrait que ses groupies se calmassent pour bisser son tube, répondit dans un souffle : oui.

Re-re-ovation.

On procéda alors aux remises de récompense. L'orchestre s'installa. On pouvait danser sur la piste parmi des gamins endiablés que les parents ne tenaient plus en laisse depuis longtemps. On attaqua sur un rock historique qui permit à Jean-Pierre d'ouvrir le bal avec Martine. Ils en revinrent apoplectiques en saluant les tables sur leur passage, on les congratula. Champagne !

Jean-Pierre, munificent, sortit une liasse de billets, les bulles étaient en supplément, et arrosa copieusement sa nichée.

— Que pensez-vous de tout ça mon colonel ?

Il ne pensait pas. La boisson, la chaleur envahissante de Martine contre sa cuisse, la rumeur confuse, la salle surchauffée, les conversations oiseuses où il n'avait pas sa part, ce mélange engourdissait, dans une torpeur moite, ses facultés, l'enfonçait inexorablement dans le sommeil.

Il sursauta. Tel un cancre surpris en plein rêve par le professeur. On l'interrogeait ! Il répondit au hasard.

— J'en ai mangé de meilleurs

— Quoi donc mon colonel ?

— Des couscous, pardi !

On le regarda, on hésitait et tout d'un coup, on comprit la métaphore, l'analogie entre l'insipide ragougnasse tiède qui avait été présentée et la fadeur des discours, la pauvreté des arguments trop cuits, et resservis, la prétention de l'affaire au niveau de sa vacuité. Beaucoup de clameurs pour rien. On était d'accord. Jean-Pierre lui adressa un clin d'œil de connivence, les voisins, le regard trouble, opinèrent.

Il était temps de se quitter.

L'air frais du dehors abrégea les adieux. Martine, spontanément, fit la bise au colonel en lui chuchotant « à lundi ». Jean-Pierre se proposa de le ramener chez lui en voiture, il déclina, préférant se ré-oxygéner sur le kilomètre du retour. Ça piquait un peu, mais la nuit était belle.

Ce dimanche serait tout entier consacré à Valse-Grise. Il avait conscience de ses manquements à son égard. Depuis quelques jours, elle vivait seule. Le matin un rapide coup de brosse et au paddock. Le soir, sens inverse. Ces deux-là semblaient ne plus s'aimer. Ils coexistaient, sans plus.

Elle me touchait infiniment. Digne, sans murmurer, elle avait supporté cette semaine d'indifférence. Elle espérait son écuyer, son maître, avec confiance, comme la femme de marin attend son terre-neuvier. Il finirait bien par revenir vraiment. Elle l'épiait, il s'agitait et n'avait plus un mot pour elle, aucune de ces bourrades de tendresse, de ces attentions délicates qui réchauffent l'âme et l'estomac. Il la traînait au paddock sans la voir, mécanique, il lui servait sa ration, il n'était pas là. Elle aurait pu invoquer Épona, pour qu'elle lui insufflât ces charmes qui font revenir l'infidèle au creux du cœur mais, dans son chagrin, elle ne reconnaissait plus qu'un dieu, lui.

Ce premier dimanche de l'hiver fut pour elle de vraies Pâques ! La résurrection à Noël ! Il ne cessa de la soigner, la bichonner, la gâter de mille façons. En signe de gratitude, sitôt lâchée dans le paddock, elle en fit, souveraine, le tour au passage, puis galopa, la queue en panache jusqu'à épuisement. Ouf ! On s'était retrouvés !

VII

THANATOS ET CHOUCROUTE

Le feu se mourait, doucement, en toute quiétude. Louis-Marie rentré du box de Valse-Grise sous des hallebardes, trempé à la moelle, séchait en contemplant les flammèches s'envoler dans le noir, se raréfier et disparaître. Sa rêverie au chaud, alors que la pluie fouettait les vitres avec rage, l'emmenait aux commencements des temps, dans le cocon tiède d'un berceau entouré de sourires, dans l'amniotique de la tendresse. La gnôle, carburant de son voyage, allait bientôt tarir. Soudain, il s'agita.

Crénom ! Elle vient demain ! Cette haquenée en chaleur et son turlupin de mari, non merci, je les ai assez vus.

Il caressa la scène. Lui, calme, en avant et droit, toisant le couple infernal. Avec cependant bienveillance et générosité, exprimant son dédain à l'égard de ces ploucs qui vivent sans espoir ni esprit, dans l'illusion des plaisirs charnels et l'adoration du veau d'or. Il ricana, torcha la bouteille et s'endormit, arsouillé.

Le tracteur du voisin le sortit de sa narcose. Il livrait de la paille. Le jour s'étirait par lambeaux. La tête à éclater, il transporta les ballots de la remorque à l'appentis. Il fallait faire vite, le vent en rafale le menaçait d'autres ondées. De son sommeil interrompu surgissaient des instantanés de cauchemar, une vulve noire à foison l'engloutissait, des torrents de larmes le désespéraient, un rire démoniaque le crucifiait, des sanglots cognaient à ses tempes, des stridences crevaient ses tympans.

Assez !

Rompu, il regarda le tracteur s'en retourner. Il était temps d'aller prendre une douche et de se raser. Clarifier la pensée, en éliminer les parasites. Boire une tasse de café avec une aspirine. D'abord, sortir Valse-Grise et zou, je m'occupe de moi !

Botté, en tenue, il se mira. La cravache à la main. Il s'apprêtait à descendre.

Martine montait l'escalier, primesautière.

Se lova contre lui et soupira : « enfin ! ».

Il laissa tomber sa cravache.

Je dois reconnaître que les femmes ont l'adresse, enfin certaines, d'émouvoir en quelques trémoussements, l'homme le plus fier. Par un mélange d'innocent abandon et une succession d'attouchements, d'abord fortuits puis délicats et enfin appuyés, elles mettent, en quelques instants leur compagnon de jeu dans un état obsessionnel.

Le souffle de celui-ci s'affole, il s'enivre des parfums de la belle, de ses cheveux soyeux, il devine les moiteurs exsudées. Il est fait, la mécanique s'est mise en route, par un baiser profond il indique qu'il va prendre la direction des opérations. Foutaises ! Il s'est laissé mener. Je parle ici des hommes bien élevés, courtois, cultivés, évidemment pas des brutes imbéciles, des coqs de banlieue incapables de « séduire » ou d'être séduits et qui se satisfont d'étreintes furtives à la sortie du bal avec des sottes racolées entre deux alcools. Dois-je avouer que je perds un peu de cet esprit charitable qui doit animer un ange ? Je crois qu'à la longue, la compagnie des humains m'a rendu sélectif et peut-être même, d'une certaine façon, indifférent.

Bref, Martine avait poussé les feux et maintenant, le colonel reprenait les rênes. Il farfouillait dans les lainages, trouva les ouvertures, déboutonna, dégrafa, zippa. Il ne resta bientôt plus que quelques dentelles qu'elle retira en lui souriant. Elle offrait à sa convoitise une chair potelée aux rondeurs gourmandes dont les lignes gracieuses guidaient le regard jusqu'à ce point central et toujours mystérieux de l'entrecuisse. Il était temps de s'atteler à son propre déharnachement. Pour le haut, simple. Mais comment retirer la culotte sans les bottes et comment retirer ces maudites vieilles bottes sans le tire-bottes, laissé au cellier ?

Martine le secourut. Lui soumettant sa croupe elle prit une jambe entre les siennes et tirant de toutes ses forces le soulagea d'une première botte. Avec alacrité, elle s'attaqua à la seconde. Louis-Marie haletait derrière ce dos tendu, le sillon, l'offrande des fesses qu'il n'osa toucher. Enfin il fut nu. Elle le prit par la main, le bascula sur le lit, avide ; anxieuse de le sentir enfin en elle. Urgence. Son ventre réclamait, l'instant exigeait. Fallait conclure.

Au bord des larmes, il se regardèrent long-temps, surpris, se caressèrent le visage, les épaules, la poitrine, sans rien dire. Il s'était produit ce qui dépasse la jonction de deux sexes l'impression de l'au-delà.

Elle se leva.

— Ne bouge pas mon chéri. Je m'en vais. Laisse-moi partir.

Il resta allongé, les yeux au plafond. Une heure peut-être. Et puis se décida. Renfila sa tenue et ses bottes et se dirigea vers l'escalier.

La cravache oubliée là, sur le sol, fit le reste.

Elle roula sous son pied, il plongea, tenta de rétablir son équilibre, de s'accrocher à quelque chose, sa tête heurta le carrelage de la cuisine.

Il était mort.

J'en fus le premier surpris. Louis-Marie venait de quitter la vallée des larmes sous mon aile bien peu protectrice en l'espèce. Je me sentis inutile. Vain. Idiot. J'en avais pourtant vu, des fins. Ne de-vrais-je pas plutôt dire, de nouveaux départs ? Mais là, le colonel m'avait pris de vitesse !

Valse-Grise au paddock dut supporter les éléments et la solitude. Le cul au vent, le nez tourné vers la maison. En trois jours elle devint une vieille jument. D'épaisses écailles de glaise armaient sa robe et chignonnaient ses crins. Elle avait compris qu'elle était seule.

Une pluie voisine de la neige claquemura les Chironnais et les heures s'égrenèrent languissamment devant les postes de télé, époque des émissions quêteuses, des appels à la solidarité qui laissent penser au bon peuple que les artistes, les stars, sont engagés dans l'incessant combat humanitaire. Il faut désormais diffuser des chansonnettes pour apitoyer les cœurs, émouvoir les porte-monnaie des nantis et des chanceux calfeutrés dans les chaumières. Les chaînes rivalisaient de paillettes et de charité, de philanthropie mercantile, humanitarisme bavard et chatoyant

On avait disposé son képi bleu et la perfide cravache sur le cercueil. L'harmonium accompagnait l'émotion transie de l'assistance. On se serrait, pelisses contre manteaux, sur les bancs de la punition, le mouchoir à la main. Au premier rang, Monsieur et Madame Martrois pleuraient un être

cher. Jean-Pierre figé dans son costume de céré-
monie, jetait des regards entendus qui exprimaient
alentour la profondeur de sa peine. Martine, très
recueillie, dissimulait la sienne derrière d'immenses
lunettes noires, ses mains crispées sur son sac en
croco semblaient vouloir retenir la vie. L'homélie du
curé, entrecoupée d'éternuements, s'inspira de la
naissance divine, ce qui était de saison, et du retour de l'enfant prodigue à la maison du père, ce
qui ne l'était pas. La vie exemplaire de Louis-Marie,
soldat parmi les hommes, trop tôt interrompue,
suscitait réflexions et commentaires sur le destin de
la créature humaine, de l'être lui-même ; le tout
s'emberlificota dans les considérations rituelles, la
miséricorde du Seigneur, l'humilité qu'il sied
d'adopter quand on frappe à sa porte, la mansué-
tude des Sages, et celle de l'Église qui rassemblait
ses enfants dans l'amour du prochain.

Il n'y eut pas de condoléances, seule Valse-
Grise aurait pu les recevoir. Quelques courageux
allèrent patauger dans la glaise du cimetière à la
suite des Martrois. On expédia dans la tourmente
les adieux au pauvre cercueil en sapin. A ces premières pelletées de terre qui annoncent le com-

mencement de l'oubli, on prit la fuite, direction le Café de la Poste, refuge habituel des retours de fosse.

La vie retrouvait là, derrière les vitres embuées, au chuintement de la machine à café, dans l'atmosphère enfumée, et le vacarme habituel à ce genre d'établissement, son sens.

La poignée de fidèles s'accouda sur le formica et la bière vint désaltérer le chagrin. Tout le monde avait croisé le colonel, peu l'avait réellement connu, on accompagnait Jean-Pierre et Martine. Ces deux-là devaient en savoir, une sorte de mystère planait toujours dans leur attitude quand s'évoquait, dans les conversations, la maison au bout du chemin vicinal ; ce parfum d'ésotérisme attisait les curiosités, donnait l'envie confuse d'appartenir au cercle des initiés.

J'ai souvent noté cette propension humaine face à l'inconnue la plus simple, à échafauder des hypothèses, à s'envoler dans le merveilleux en semant les graines de mystère qui vont germer en rumeur. Celle-ci devient, peu à peu certitude et opinion mordicus.

Donc, on voulait savoir.

Jean-Pierre conservait le silence. Il fit un signe au garçon, paya la tournée et se leva.

— Mes amis, j'ai des choses à vous dire. Mais pas ici. Venez à la maison. Nous allons boire le champagne, le colonel ne buvait que du champagne, alors, en son honneur, nous allons en péter quelques-unes !

Ce n'était pas vraiment l'habitude des Chironnais de sabler le champagne au sortir des obsèques. L'aura du défunt s'en épaississait d'autant.

Martine essuya les flûtes des grands jours. Jean-Pierre, à l'aise, à nouveau dépoitraillé, surgit de la cave, les bouteilles sous le bras. Il avait profité de l'entracte pour peaufiner son exorde, pour la suite, il improviserait.

On s'était rangé au long de cette table qui avait reçu, maintes fois, le colonel. Les bouchons sautèrent et Jean-Pierre servit. Il s'approcha de la cheminée et leva sa flûte. Pleine face de la hotte, au-dessus du manteau, les armoiries de la Ro-chemineau régnaient sur le living.

— Mes amis... Buvons au souvenir de Louis-Marie, au pied de ses armes qu'il m'a léguées... Il me considérait comme son fils.

Les compères, impressionnés, contemplèrent ce tableau étrange. Leur connaissance de l'aris-tocratie se situait entre les frasques des princesses de Monaco et celles de la cour d'Angleterre. Un monde à part, de privilégiés faisant scandale à la une des magazines. Rolls-Royce et cérémonial, Saint-Tropez et luxure. Des êtres issus de légendes moyenâgeuses, des rois et des fées, des châteaux forts et des batailles sanglantes. Certains trouvè-rent les coquilles Saint-Jacques du blason peu guerrières, sinon les couleurs étaient jolies.

— Écoutez-moi et gardez pour vous ce que je vais vous dire. Nous avons vécu ces mois derniers, une relation très forte, lui et moi. Hein, Martine ?

Elle opina mais garda le silence. Sa peine, trop profonde, devait l'empêcher de parler. Ou bien voulait-elle dissimuler par cette attitude le se-cret de sa pensée ? Elle n'aurait pu d'ailleurs l'exprimer elle-même. A quoi bon expliquer, il ne s'agissait que d'impressions trop fugitives qui revenaient en éclairs se heurter dans sa tête. De toute façon, certaines d'entre-elles, étaient indicibles et inavouables.

— Les chevaux sont bons mais les meneurs les fourvoient, me disait-il souvent on gâche la jeunesse, pire... on la désespère. Voyez-vous, mes amis, cet homme est mort de voir le monde partir à vau-l'eau. Il se sentait trop fatigué pour lutter contre notre décrépitude. Cet accident fatal aura mis fin à ses désillusions. Il sera parti sans souffrir.

On n'avait jamais imaginé que des conversations d'une telle hauteur aient pu s'échanger entre les deux hommes. Cela inspirait le respect. Après un silence de réflexion, il reprit :

— Mon cher Jean-Pierre, c'est un homme comme vous qui doit tenir les rênes ! Voilà le message. Prenez vos responsabilités, relevez le défi, la mairie vous tend les bras, la représentation de ce peuple qui n'en peut mais, excédé par les magouilles, les tricheries et la prévarication.

Il savoura ce mot magique lu dans *Le Petit Républicain*. On sentait bien qu'il s'agissait là d'une action vile, apanage des politiciens véreux.

— Mes amis, le décès de cet homme admirable est un signe. Je suis maintenant convaincu que je dois mener le combat. Je vais me porter au premier rang. J'accepte la mission... Pour lui et pour vous. Pour le souvenir et l'avenir.

Là, il fallait boire. Enfin Jean-Pierre se déculottait. Jusqu'à présent il avait parlé à mots couverts, recherché des comparses entre deux verres, pris la température, exprimé certes, des opinions contraires à celles du maire, mais le tout dans la jovialité des copains de boisson.

Cette fois-ci, sa volonté clairement exprimée affichait la hardiesse d'une prise de position tranchée. Le patronage du colonel l'avait transformé.

Sur ce, il sortit de son portefeuille une photo. Chacun put admirer l'écuyer en selle sur Valse-Grise, droit comme un i, le regard haut et fier sous le képi. Son léger sourire d'aristocrate attestait de l'amitié dont le colonel honorait le photographe.

Oui mais tout ça, c'était bien joli. Fallait faire quelque chose. On ne pouvait en rester là. Champagne !

La discussion éclata, les idées s'entre-choquèrent. Le meeting s'échauffa d'anecdotes et d'invectives, de « tu te souviens, le jour où…? » ou de « on nous prend pour des cons ! »… de « je l'ai toujours dit » ou de « je ne me suis pas dégonflé, je lui ai claqué le museau ! » Autant de professions de foi qui menèrent tout naturellement au point de départ, il fallait faire quelque chose.

Une réflexion fusa à propos du couscous. Eu-rêka ! La réponse s'imposait : rendre la pareille, en mieux. Mais quoi ? Ce sombre couscous, amal-game d'arbre de Noël et de meeting politique, devrait s'effacer des esprits si on proposait une vraie franche manifestation républicaine.

On hésita un moment entre républicaine ou démocratique, ces deux notions cousines méri-taient un débat. La République l'emporta, elle pa-raissait plus porteuse de valeurs que la démocratie chargée de démagogie et populisme.

Le principe de la manifestation acquis, restait le support concret à trouver. Nous étions en hiver, la choucroute s'imposa naturellement. L'un des compères était charcutier. Il établirait le devis.

Ainsi naquit la « choucroute républicaine » à la lumière des armoiries de Louis-Marie de la Rochemineau.

VIII

VALSE-GRISE

Cette première quinzaine de nivôse, glaciale et ventée affecta la pauvre vieille. Rude apprentissage de la solitude, le regard obstinément fixé sur la maison qui figurait espoir, elle y guettait le moindre signe de vie.

Rien.

Les matins se succédaient aussi mornes et sans lumière.

Elle avait bien vu des gens venir et emporter dans une sorte de camionnette une longue caisse de sapin. Ce jour-là Martine lui consacra même quelques minutes d'entretien muet, elle lui avait paru triste, maladroite dans la caresse tentée sur son chanfrein. Depuis, seul le voisin passait parfois lui jeter une botte de foin qu'elle mâchouillait sans entrain, la faisant durer en dépit du froid.

Les pointes de ses hanches saillaient à crever son cuir. En deux semaines, elle avait perdu toute rondeur, tréteau désolé, Rossinante sans chevalier, elle se statufiait à la porte du paddock. Elle ne pouvait comprendre, les chevaux n'imaginent pas la mort, ils naissent, ils vivent dans un sentiment d'éternité. « La mère des chevaux n'est jamais morte », disent les maquignons voulant exprimer par-là que l'espèce n'est pas près de s'éteindre et qu'on trouvera toujours des poulains à vendre. Peut-être que l'antique expression se fonde sur une réflexion plus pénétrante.

Au début de son abandon, je vins la voir, entre deux vigilances villageoises, quand j'estimais ma présence superflue ou infructueuse dans les foyers. J'aurais voulu l'aider, la soutenir. Mais les juments comme les humains ne savent pas ou ne veulent pas savoir que l'ange gardien est là. Qui se risquerait à l'appeler, à lui parler, à le questionner ? Seulement au hasard des grandes trouilles, au sortir de la tranchée, sur les lits d'hôpital, j'ai entendu des appels à l'aide.

À ces exceptions près, l'ange relève dans leur raison, du conte pour enfants de chœur. En outre, il est asexué. En cette époque de plaisirs matériels il s'agit là d'une infirmité rédhibitoire.

Parfois, cependant, j'interviens sans prière. Comme çà, par gentillesse.

J'évite un accident de voiture, ou provoque une guérison inexplicable pour ennuyer les blouses blanches. J'avoue que la cravache du colonel m'avait échappée, son innocence aurait mérité un extra.

Maintenant, Valse-Grise survivait, seule.

Pendant ce temps, la choucroute frayait son chemin. On avait rediscuté l'épithète. Certains poussaient toujours la République, d'autres voix se déclaraient pour quelque chose de plus social sans faire allusion au socialisme, évidemment. Pas facile. Les mots de la politique, tous rabâchés et usés, avaient pour la plupart, perdu leur force originelle. Libéral, fut empreint de générosité et sentait le fagot aujourd'hui. La Nation et ses dérivés se déli-taient au même dégravoiement. De ce point de vue, on tournait en rond. En revanche, la chou-croute elle-même, la choucroute concrète avançait. La date en était fixée, fin février pour mardi-gras, donc juste avant carême. On demanderait quinze euros par convive, ce qui est gratuit n'a pas de valeur, ainsi se reconnaîtraient les fidèles. « Et pas de passe-droit » avait déclaré Jean-Pierre.

Martine tenue à l'écart de ce remue-méninge, se découvrit sensible au charme et à la grâce de l'aquarelle. Maurice, ce fil de fer de Maurice, avait soudain pris le pli de passer quotidiennement au magasin. Cet échalas, à l'air un peu triste, lui apportait ses dernières œuvres pour avis. Assis sur une caisse dans l'arrière-boutique, hanche contre hanche, ils prirent l'habitude de commenter les transparences et la délicatesse de cet art fragile qui insidieusement réveilla chez Martine cette envie incoercible que le colonel avait révélée.

Un jour, elle regarda son cousin au fond des yeux, et força son baiser. Ça tombait bien, il l'avait toujours aimée. En silence et de loin. Bon ! Il était marié, et alors ? Elle aussi. Ils n'étaient pas du même bord, et alors ? On n'allait pas rejouer les Montaigu et les Capulet à leur âge ! Il suffisait d'être prudent et discret. Et puis, dans le microcosme politique, les échanges souterrains de la diplomatie passent souvent par la couche.

Exemples multiples en tout temps et régime.

Mon petit monde chironnais avait donc décidé de bien se porter.

Donc RAS.

La météo consentit un hiver court et un printemps quasi estival. Valse-Grise put se délecter des jeunes pousses dès carême, fort heureusement car le voisin l'oubliait, l'agriculture requérait ses bras.

Un matin d'avril, de lointains neveux du colonel, se présentèrent conduits par le notaire. Ce genre de visite sent toujours mauvais pour une vieille jument.

Ces messieurs mirent en vente.

Trop intéressés par l'état des lieux, inventaire minutieux, ils n'aperçurent pas Valse-Grise à l'ombre du grand chêne.

Il me semble que j'avais commis une intervention dans ce sens, les pousser à l'évaluation des biens, au calcul, sans omettre la moindre cuiller. Il ne leur fut pas loisible de considérer Valse-Grise, ni, surtout, d'en estimer le prix.

Jeu d'enfant que de poser des œillères à des gens qui comptent les sous.

Les héritiers envolés, le voisin s'entendit avec le notaire, l'affaire fut conclue. Le paysan arrondissait son avoir en pâture et d'un gîte rural.

On garda la jument pour les vacanciers espérés, le touriste vert apprécie l'animal décor.

On osa « la choucroute des patriotes ». Le bide fut tel que Jean-Pierre arrêta là sa carrière politique au profit des affaires, il racheta les silos de Villefranche avec un emprunt qui allait troubler son sommeil pendant dix ans. Au moins devenait-il le roi de quelque chose sous l'épée du Crédit Agricole et la menace permanente du syndicalisme pervers.

Jennifer fit une fugue. Rattrapée, on la colla en pension dans l'espoir que les sœurs tiendraient la distance.

Martine avait réveillé Maurice qui, du coup, se mit à l'huile et osa, à la surprise générale, tenter le nu.

À la fin de l'été, le camion rouge du boucher vint chercher Valse-Grise. C'est à cet instant précis, mes frères, que je pris une décision.

Attachée par un licol dur et court, elle tremblait de toutes ses raideurs.

L'écume acide de la terreur trempait ses flancs.

Son être, révulsé, exorbité, tétanisé, refusait l'injuste et brutal verdict des hommes.

Alors tout doucement, j'ai étendu sur elle mon incorporelle présence, l'enveloppant de mes ailes immatérielles. Elle s'abandonna, je la sentis se fondre en moi et j'eus le bonheur de me fondre en elle. Nous ne faisions qu'un, ange et cheval, jument ailée, un seul être impalpable, une idée en vol.

Nous avons traversé la tôle ondulée, pris le large, galopé dans les nuages, volé vers le soleil en embrassant l'espérance.

À la réflexion, mes frères, n'y voyez rien d'exceptionnel. Nous ne sommes pas le premier cheval ailé de l'Histoire !

Et peut-être pas le dernier...